숙자가 살인사건

십자가 살인사건

김해미 소설집

이든북

작가의 말

나의 대표작품으로 불릴 그대에게

올 봄엔 은구비에 유난히 하얀 꽃이 많이 피었다. 산사나무, 산수국, 백당나무. 그리고 서양 산딸기에 이어 각시말발도리의 눈부신 자태와 향기가 나를 황홀하게 했다. 때죽나무와 산딸, 미선나무에 이어 마지막에는 쥐똥나무, 개망초가 합세했다. 똑같은 색이어도 꽃 모양과 향기는 제 각각이다. 산책길에서 잠시 멈춰 심호흡을 하고 향의 진원지를 찾아낸 후,

"반갑구나, 향이 참 좋아. 근데 작년에도 넌 여기 있었던 거야?"

꽃에게 말을 거는 것. 그것이 그렇게 큰 기쁨이 되는 건지 처음 알았다.

내 곁에서 이처럼 다양하고 많은 종류의 하얀 꽃이 해마다 피고 졌으나, 그간 그들의 이름을 제대로 불러주지도, 눈길을 주지 않았음도 뒤늦게 깨달았다.

꽃이 지자 이번에는 열매가 맺히기 시작했다. 어느 날엔가

는 왕벚나무 고목의 가지에 맺힌 왕버찌를 발견했다. 숲길바닥에 수북이 떨어져 있는 콩알 만한 까만 열매의 진원지가 궁금하여 올려다 본 하늘에서 였다. 까치발을 하고 간신히 열매와 눈을 맞추고 가까스로 고것을 입에 넣은 순간, 달콤 쌉사름하면서도 새콤한 맛에 깜짝 놀랐다. 어렸을 적 누군가가 쓴 '버찌가 익어갈 때'라는 구절을 읽고, 늘 그 맛이 궁금했는데 올 봄에 처음으로 그 맛을 본 것이다.

꽃이 진 자리에서 산딸기도 올라왔다. 빨갛고 앙증맞은 그 열매 또한 시고 떫고 단 오묘한 자연의 맛을 선물했다. 이제껏 산속 깊숙이에만 열리는 줄 알았던 산딸기, 노랫말에서나 만나던 바로 그 산딸기가 내 집 가까운 곳에도 이처럼 자생하고 있다니 놀라웠다.

곧이어 산딸나무가 튼실한 열매를 맺더니, 얼마 안가서 산사나무와 백당나무에도 빨갛고 자그마한 열매가 달렸다. 단풍나무가 화려한 본색을 드러내자, 제 열매를 그렇게나 많이 떨군 후에야 은행나무는 황금색 잎새로 잔치를 벌이고 있다.

나는 타고난 이야기꾼이 아닐 뿐더러, 소위 사람들이 말하는 타고난 작가도 아니다. 문인으로 살아야만 할 필연적인 가족력이랄지 그럴듯한 개인사도 없다. 부지런한 작가도 못 된다. 작가로서의 자존감은 있으나, 이 나이가 되어서도 아직 작가로서의 자신감이 없다. 오직 죽는 날까지 글 쓰는 일을 멈추지 않으리라는 나 스스로에 대한 신뢰만큼은 확실하다. 아직도 마지막에 쓰는 작품이 내 생애 최고의 걸작이 되었으면 하는 꿈을 꾼다.

그래서일까. 나는 숙명적으로 작가가 될 수밖에 없는 부류의 문인들에게 어쩔 수 없이 질투를 느낀다. 작가가 될 수밖에 없는 인물은 생각보다 많다. 내 주변의 허다한 문인들이 그러하고, 마가렛 미첼, 이미륵, 생 떽쥐베리, 리처드 바크……. 요즘은 에밀 아자르라는 필명으로 『자기 앞의 생』 등 전작인 『새는 페루에서 죽다』와는 전혀 다른 성격의 소설을 발표하고, 세계 문학사에도 없는 두 번의 콩쿠르상을 수상한 로맹 가리에게 뒤늦게 묘한 질투를 느끼고 있다. 또 30년에 걸쳐 『파친코』를 써서 제2의 제인 오스틴이라는 칭송을 받고 있는 이민진(재미)작가에게도 응원과 질투를 함께 보낸다. 이래저래 천재 음악가 모차르트에게 느끼는 살리에르의 비애를 나는 통감하며 살아간다. 어차피 이 세상은 비범한 사람과 보통 사람이 공존한다. 젊은 한때는 비범한 그룹에 낄 수 있기를 얼마나 갈구했었는지 모른다.

작가가 되지 않았다면 지금보다 훨씬 더 행복감을 느끼면서 살았을 거라는 동료 문인을 만난 적이 있다. 그는 나도 그런가, 하고 물었다. 단연코 나는 아니라고 잘라 말했다. 비록 이제껏 이름 없는 소설가로 살고 있지만, 한순간도 나는 작가가 아닌 나를 생각해 본 적이 없다. 한 작품을 완성했을 때 느끼는 성취감은 세상에서 느꼈던 그 어떤 행복감보다 큰 것이기에, 그것을 위해 감당해야 할 내 몫의 고통은 마땅하게 감내해야 한다고 여긴다. 전공인 미술인으로 살았다 하더라도 나는 아마도 소설 쓰는 일을 포기하지 못했을 것이다. 늘 이쪽을 기웃대며 넘겨보느라고 모가지가 긴 슬픈 사슴이 되었을 지도 모르겠다.

모든 예술이 다 그렇지만, 문학은 특히 건강한 정신과 육체를 관리하고 스스로 나쁜 마음을 갖지 않는다면, 노년기에도 걸작탄생이 가능하다는 최대의 장점이 있다. 몇몇 작가들이 그러했듯이 끝까지 작가이기를 포기하지 않는 한 말년에도 얼마든지 좋은 작품을 남길 수 있다. 과한 욕심을 부리지 않는다면 나 또한 좋은 열매를 맺지 못할 일이 없다. 세상을 떠나는 마지막 날까지 무엇인가를 끄적거릴 수 있다면, 그 작품이 나의 대표작이 된다면, 그렇게만 된다면 더 이상 바랄 바가 없겠다. 그 첫걸음인 아침 산책으로 오늘도 나는 새로운 하루를 연다.

혼쾌히 그림을 내준 오라버니 김여성 화백과 멋진 표지를 만들어준 딸 김유리와 여러모로 마음을 써준 이든북 이영옥 대표에게 특별히 감사의 마음을 전한다.

2021년 깊어가는 어느 가을날 김해미

차례

작가의 말 · 004

1. 떠도는 섬 · 013
2. 신점 보는 시간 · 049
3. 난 이야기 · 085
4. 매듭 풀기 · 113
5. 십자가 살인 사건 · 143
6. 모사模寫 · 185

떠도는 섬

Sunday New York 2019, 22x29 inch

근무교대를 끝낸 직후임에도 재숙은 간호복을 그대로 입은 채 F병동으로 향했다. 정해진 면회시간이 한참 지난 이 시간에 김 노인을 만나려면 아무래도 그러는 게 나을 성 싶었다.

― 엄마, 약속 잊지 않았지?

좀 전에 걸려온 딸애의 전화 속 목소리가 아직도 귓가를 맴돌았다. 딸애는 아침에 저와 한 약속을 재숙이 혹여 잊지나 않았는지 다시 한 번 확인했다.

― 다음날 가면 안 될까?

재숙이 지친 목소리로 대꾸했음에도 딸애는 단호하게 잘라 말했다.

― 안 돼, 오늘이 이번 세일의 마지막 날이야, 오늘이 지나면

그 옷, 못 사!

오늘은 정말 힘들었다. 종일 1시간 이상 되는 외과수술만 다섯 차례나 참여했던 만큼 종아리에 사정없이 통증이 느껴졌다. 직업병이었다. 재숙은 한시라도 빨리 집에 돌아가 쉬고 싶은 마음뿐이었다. 그러나 딸애의 전화와 이미 두 번째 수술이 끝날 때부터 그녀에게 와 있던 앤더슨의 메모는 재숙에게 잠깐 동안의 휴식을 허락하지 않았다.

〈김순분 할머니가 오늘도 당신만을 찾습니다. 당신을 만난 이후 현저하게 협조적이던 할머니가 다시 진료를 거부하는군요. 이런 골치 아픈 환자는 처음 봅니다. 당신의 도움이 필요합니다. 닥터 앤더슨.〉

이렇게 예의를 차려 쓰기까지 앤더슨은 스스로 화를 삭이느라 애께나 썼을 것이다. 그에게 맡겨진 한국인 무료 환자는 그 자체만으로 그의 비위를 상하고도 남는데, 그것도 모자라 환자는 분수도 모르고 계속 까탈을 부려대고 있는 것이다. 만약의 경우 김 노인이 큰 수술을 받더라도 그녀가 무료 환자인 이상 앤더슨의 수술수당은 정부에서 주는 기본급에 머물고 만다. 그것만 해도 울화가 치밀 앤더슨이다. 뿐만이 아니었다. 메모를 받은 즉시 재숙이 그를 찾았어도 그녀가 분, 초를 다투는 수술방 임무를 접어두고 득달같이 제 나라 노인에게 달려왔다며 은근히 재숙을 꼬집고도 남을 위인이다.

 가능하다면 재숙은 앤더슨과 부딪치고 싶지 않았다. 그래서 미적미적 그와의 대면을 미루다가 퇴근시간이 되었다. 재숙의 기억이 맞는다면 아마 지금쯤 그는 대학에 강의를 나갔을 것이다. 그냥 퇴근을 해버린다 해도 누구하나 탓할 사람은 없겠지만 후일을 위해서라도 최소한 어떤 근거를 남겨두어야 한다. 그러나 무엇보다 재숙의 발걸음이 F병동으로 향하게 된 직접적인 이유는, 영어 한 마디 제대로 할 줄 모르는 채 주눅이 잔뜩 들어 있을 한국노인이 재숙, 저만을 애타게 찾고 있다는데 있었다. 그건 바로 되돌아 기억하고 싶지 않은 이 땅에 처음 발을 디뎠던 때의 제 모습이기도 했다. 고국에 남겨진 약혼자와 합류하기를 기다리며 오직 미국 간호사 자격 합격증이 목표였던 그녀.

 김순분 노인의 병실은 재숙의 근무부서인 수술방이 있는 5층 건물에서 1층으로 내려가 다시 서쪽방향으로 백 미터쯤 떨어져 있었다. 100년 전 이 지역의 가톨릭 단체가 지은 병원은 해마다 관리인이 꼼꼼하게 손질을 하는 탓에 아직껏 정갈함과 함께 고풍스런 멋을 유지하고 있었다. 특히 주변의 다른 건물보다 천정이 배나 높은 것이 처음부터 재숙의 마음을 사로잡았다. 그러나 건물이 너무 오래 되다 보니 현대적인 설비가 부족한 것 또한 사실이었다. 여기만 해도 서로 연결되는 공중연결로가 되어 있으면 의료진이나 환자들의 이동시간이 얼마나 절약될까.

사실 그녀가 좀 더 마음을 썼다면 두어 차례는 족히 김 노인에게 문병을 갈 수도 있었다. 그러나 공과 사를 엄격히 구분하도록 요구하는 이 사회의 구조를 잘 알고 있는 재숙에겐 여러 사람의 입에 오르내릴 일은 애당초 피하고 보는 습성이 생겼다.

일단 건물 밖으로 나오자 늦은 시간임에도 후끈 열기가 느껴졌다. 온종일 냉방이 된 실내에서만 생활한 탓에 바깥의 온도가 실제온도보다 훨씬 높게 느껴졌다.

퇴근길에 남편이 가져오는 세 개나 되는 한국 신문에서는 한 결 같이 사십 몇 년 만의 불볕더위가 연일 온 나라를 덮고 있다고 했다. 더위 때문에 사람들이 다투고, 더위 때문에 급기야 살인을 저질렀다는 기사도 본 것 같다.

— 에어콘을 틀면 되잖아.

그들 곁에서 콤비네이션 피자로 저녁을 대신하던 딸애가 불쑥 끼어들었다. 남편이 처음 영구귀국 이야기를 꺼냈을 때도 재숙보다 먼저 반응을 보인 딸애이긴 했다.

— 난, 절대 안 가. 엄마, 아빠에게는 고향일지 몰라도 내겐

이곳이 고향이거든. 난 이곳이 좋고, 이곳 친구들이 정말 좋아.

― 맞아, 한국에서 요즘 온 애들 이야기 들어보면, 거긴 공부하기 되게 힘들대. 아들애도 거들었다.

무엇보다 죤 때문이겠지. 딸애는 이제 열일곱이었다. 그 애는 매력적인 파란 눈과 탐스런 금발을 가진 이태리계 남자애와 데이트 중이었다. 자연 이야기의 맥이 끊겨 그날의 대화는 거기에서 끊겼다.

공교롭게도 김 노인의 병실은 404호. 한국 사람들이 금기시하는 숫자가 두 개나 겹쳐져 있어 재숙은 순간적으로 기분이 언짢았다.

병실 방문에 앞서 그녀는 담당 간호사를 찾아가서 앤더슨의 메모를 보여주었다. 입원 직후 노인의 서류작성을 위한 통역역할로 이미 한 차례 다녀간 적이 있어서, 그녀도 재숙을 몹시 반기는 눈치였다.

"어떤 종류의 진료도 다 거부합니다. 그리고는 오직 재숙, 재숙 당신만을 찾아요."

그녀의 안내를 받아 404호의 문을 밀었다. 통로를 중심으로 각기 두 개의 침대가 대칭으로 놓여있고, 거의 비슷한 연배로 보이는 네 명의 얼굴색이 다른 환자들이 각기 편한 자세를 취해 누워있거나 앉아 있었다. 노인의 병상은 남쪽으로 난 창쪽에 붙어 있었다. 재숙이 가까이 다가갔음에도, 창을 향해 비스듬히 누워있는 노인은 미동도 하지 않았다.

"좀 어떠세요, 할머니."

그녀의 한 마디에 노인이 돌아누웠다. 노인의 얼굴에 금방 화색이 돌았다.

"왜 이제야 온 겨? 내가 을매나 찾았는디……."

재숙의 손을 덥석 잡은 노인은, 여기에서는 안 되겠다며 한사코 그녀에게 밖으로 나가자고 졸랐다. 곁에 있는 환자들이 자신들의 대화를 알아들을 리 없건만, 괜스레 신경이 쓰이는 것은 재숙도 마찬가지였다.

담당 간호사에게 양해를 구한 재숙은 노인과 함께 2층에 있는 휴게실로 내려왔다. 비로소 숨통이 트이는 듯 노인이 여러 번 심호흡을 했다. 휴게실에는 몇몇의 환자들이 음료수를 빼들고 담소를 나누고 있었다. 한참 그들에게 눈길을 주던 노인이 주머니를 들썩이더니 담배를 한 개피 꺼내들었다.

"의사가 담배 피워도 괜찮대요?"

재숙의 말에 노인이 검지를 들어 입에 대면서 이번 한 번만, 하는 시늉을 해보이며 싱긋 웃었다. 구내에서는 어떤 환자, 어떤 의료진도 금연이었다. 재숙은 서둘러 노인을 데리고 밖으로 나왔다.

오랜 역사를 지닌 병원이니만큼 정원수도 아름드리 나무가 많았다. 군데군데 마련해 놓은 벤치는 칠한 지 얼마되지 않은 것처럼 청록색 페인트가 선명했다.

재숙은 노인과 모녀사이인 것처럼 나란히 앉았다.

담배를 입에 문 노인이 연기를 내뱉으며 문득 뇌까렸다.

"딸년이 꼬드기지 않았으면, 난 증말 여기 안 왔어."

그들이 앉아있는 벤치 바로 앞 잔디밭에 청설모 한 마리가 보였다. 어디에서 집어왔는지 그 놈은 제법 큰 빵조각 하나를 이리저리 돌려가며 제법 아귀차게 뜯어먹고 있었다. 노인이 돌연 일어서서 거친 동작으로 녀석을 내몰았다. 녀석이 저만큼 자리를 옮겨갔다. 노인이 다시 달려들어 발을 구르며 청설모를 내몰았다. 놈은 자리를 약간 비켜 옮겨 앉았을 뿐, 같은 자세로 빵을 베어 먹었다.

"이곳에서는 짐승조차도 사람을 업신여긴다니께. 내가 저 애물단지 땜에 고생을 한 생각을 하면……."

노인이 또 한 개피의 담배에 불을 붙이며 한숨처럼 연기를 뱉어냈다. 예기치 않은 청설모의 출현과 그 짐승에 대한 맹목적이랄 수밖에 없는 노인의 증오에 의구심을 가지면서도 돌연 재숙은 딸애에게 생각이 미쳤다. 그 애는 며칠 후에 있을 남자친구 존의 생일파티에 입고 갈 파티복을 오늘 꼭 사야한다고 했다. 그들이 자주 가는 패션 몰의 한 드레스 숍에서 마음에 드는 드레스를 보아 두었다며 꼭, 꼭, 사줘야 해. 일방적인 다짐을 해놓고는 그것도 모자라 확인 전화까지 넣은 아이였다. 그 애는 아이스크림 숍에서 재숙이 나타나기를 이제나저제나 목이 빠지게 기다리고 있을 것이다.

"할머니, 왜 진료를 거부하세요?"

자신도 모르게 재숙의 목소리에는 다소 짜증이 섞여 있었다.

"치료를 다 받고 나면 나는 어떻게 되는 겨? 우리나라로 추방되는 겨?"

노인은 불법 체류자 신세인 자기의 처지를 걱정하고 있는가 보았다.

― 보호자가 나타나 거취를 확실하게 하지 않으면, 치료가 끝나는 대로 노인을 본국으로 송환할 수밖에 없습니다. 그러니 노인이 스스로 보호자에게 연락을 취할 수 있도록 도와주세요.

원무과 직원은 자못 심각한 얼굴로 재숙에게 협조를 구했다.

"이 나라가 좋으세요?"

"2년 동안만 그럭저럭 움직여 돈을 벌면, 늦둥이 막내아들이 독일에서 공부를 마치걸랑. 그때나 돌아갈 심사였는데……."

"지금 할머니가 걱정하실 일은 본국 송환문제가 아니라 건강이에요. 의식을 잃고 이 병원에 실려 오셨을 때를 생각해 보세요. 빨리 병원으로 옮겨졌으니 이만이나 하지, 그렇지 않았음 어쩔 뻔 하셨어요. 하루 빨리 따님에게 연락도 하시구요."

"그 년에겐 싫어. 죽어도 연락을 안 할거."

"그럼 정말 본국으로 송환되실지 몰라요. 치료를 계속 거부하셔도 마찬가지구요."

당장은 어떤 결론을 내리기 어렵겠다는 생각이 들어서 재숙은 일어섰다. 딸애 때문에도 더 이상 지체할 시간이 없었다.

"당최 말귀를 알아들어야 치료를 받든 말든 할 게 아닌감? 어렵지만 거기가 자주 와봐 주면 안 될까? 도대체가 겁이 나서 견딜 수 있어야지. 뭐가 그리 진찰할 게 그렇게도 많은 겨? 피는 또 왜 그리 자주 뽑아가고? 나, 혹여 죽을 병 걸린 거?"

"의사 선생님은 아직 뭐 이렇다 할 큰 이상은 없다고 하셔요. 그냥 의사 말을 들으세요. 담당 간호사가 하자는 대로 그냥 따르시고요. 병원비는 걱정하시지 마세요. 나라에서 다 내주니까요. 자꾸 까다롭게 굴면 저도 도와드릴 수 없어요. 그리고 잘 생각하셔서 따님한테 연락을 취하세요. 보호자가 없으면 정말 본국으로 추방 당할지 몰라요. 할머니, 아셨지요?"

재숙이 일어서자 노인도 따라 일어섰다. 그리고 재숙이 앞장서서 F병동 쪽으로 향하자 마지못한 노인이 그녀의 뒤를 따랐다.

유별나게 수술환자가 적은 참 특별한 오후였다. 8개의 수술방에서 수술을 하고 있는 곳은 고작 셋에 불과했다. 수술이 없는 동료들과 휴게실에서 잡담을 나누고 있는데 화장실에 간다며 밖으로 나가던 얀이 되돌아 와 재숙 앞에 섰다. '휴게실에서는 절대 금연'이라는 팻말이 세워진 이래 남들보다 곱절은 화장실 신세를 지고 있는 얀이어서 벌써 다녀왔니, 재숙이 어깨를 한 번 들썩이며 두 손을 펴 보이는 서양인 특유의 제스추어를 흉내 내어 보였다.

"재숙, F병동 너희 나라 할머니 있지? 또 너만 찾는데. 웬만하면 좀 다녀가라는데? 그 할머니, 왜 그렇게 널 못살게 구는 거야?"

말을 전했으니 이번에는 제 볼 일을 마저 보겠다는 듯, 그녀가 다시 문 쪽으로 되돌아 나갔다. 하얀 원피스 간호복을 부풀리며 유난히 불거져 나온 엉덩이와 쭉 곧은 다리는 여자인 재숙이 보기에도 부러울 지경이었다. 뿐인가. 그녀의 깊고 푸른 눈은 얼마나 매혹적인지.

언젠가 얀과 함께 앤더슨의 수술을 도운 적이 있었다. 재숙에게는 그토록 까탈을 부리던 앤더슨이 수술을 끝낸 후 얀을 끌어안고 양 볼에 쪽 소리가 나는 프랑스식 인사를 하고는 땡스 어 랏! 최상급 감사의 말을 남겼다. 그때 느꼈던 당혹감이라니.

— 동서고금을 통틀어 여자의 미모에 빠져 망신 당한 남자들 수없이 보아 왔다만, 앤더슨! 까닥 잘못하면 어느 날 네 운명도 단칼에 달라질 수 있어.

불쾌감에 재숙은 혼자서 한국말로 중얼거렸다.

아무리 그래도 10대인 우리 딸 사라의 젊음에는 얀, 너도 별수 없을걸. 아직은 젊은 덕분에 지금은 그만한 매력을 갖고 있지만, 머지않아 넌 뚱보 아줌마가 되고 말거야. 젊은 한때 활짝 피었다가 지고 마는 이곳 여인네들의 아름다움은 그래서 저토록 각별한 것 같다.

드레스를 사러 몰에 갔던 날. 재숙, 제 눈에만 딸애 사라가 예쁘게 비친 것이 아닌가 보았다. 피팅룸에서 샤텐으로 만들어진 핑크색 이브닝드레스를 입고, 거울이 있는 드레스 숍 중앙으로 걸어 나오던 사라. 딸에게 던져지던 뭇 사람들의 경탄 어린 시선이라니. 재숙과 달리 맑고 뽀얀 피부를 가진 딸애에게는 가슴의 골이 보일락 말락 할 만큼 파여 조금 불안하긴 해도, 별다른 장식이 없이 단아한 디자인의 핑크색 드레스는 너무나 자연스럽게 어울렸다. 내년에 있을 프럼 파티에도 딸애는 이 드레스를 입을 수 있을 것이다. 40% 세일이라고 해도 평소의 그녀로서는 감히 엄두조차 내기 어려운 금액이었음에도 딸애를 위해 재숙은 기꺼이 그것을 구입했다. 평생처음 의상 구입에 과다지출을 하면서도 재숙의 입가에는 절로 미소가 지어졌다.

이번 생일파티는 댄스파티로 열린다고 했다. 존의 부모는 내년에 있을 아들애의 프럼파티를 위해 예행연습 삼아 댄스파티를 여는 셈이었다. 프럼파티가 끝나면 소년소녀들은 브로드웨이의 뮤지컬이나 연극관람을 한 후, 리무진을 타고 온 시내를 드라이브하는 것으로 파티를 마무리하는 것이다. 이 행사는 언제부터 시작되었는지 해마다 5월이 되면 온 동네를 축제분위기로 만들곤 했다. 꿈 많던 소녀시절 영화에서나 이따금씩 보았을 뿐, 이제껏 단 한 차례도 그러한 자리에 끼어 본 적이 없는 재숙은 어느덧 딸애가 자라 그 자리에 끼일 나이가 되었다는 사실 자체에 벌써부터 흥분을 느꼈다. 프럼파티는 어쩌면 딸애에게는 성년식이 될지도 모른다. 재숙은 존의 댄스파티가 벌써부터 마음에 쓰였다. 더욱이나 존은 명문대인 하버드를 목표로 하는 앞날이 창창한 젊은이이고, 사라는 바로 그러한 존의 파트너 자격이니 만큼 자랑스러운 마음이 드는 것은 지극히 당연한 일이었다. 재숙은 어쨌든 그날 딸애가 단연 돋보였으면 싶었다.

"미세스 신, 시간 있을 때 빨리 가봐."

망연히 얀의 뒷모습만을 보고 있는 재숙이 마음속에서 어떤 갈등을 겪고 있는 것으로 보였던지 헤드너스 제인이 너그러운 미소를 띠면서 말했다. 그간 가진 김 노인과의 면담시간도 시간외 근무로 챙겨준 그녀였다. 그녀의 눈빛에서 이쪽 일에 구애 받지 말고 이 참에 앤더슨과 관계개선을 해보라는 독려의 의미가 포함되어 있음을 재숙은 알아챘다.

시중에서 개업을 하고 있는 의사들도 수술은 자기 개인 병원이 아닌, 이곳 종합병원에서 행해야 하는 만큼 수술방을 드나드는 의사들은 참으로 다양했다. 그들은 예약제로 수술날짜를 정하여 서로의 번잡함을 줄였으며, 집도시간 동안도 철저하게 자기 방식을 고집하곤 했다. 이곳에 드나드는 그 많은 의사들 중에서 유독 앤더슨은 재숙의 비위를 건드리는 이였다. 그와 함께 했던 몇 번의 수술시간은 두 번 다시 기억하고 싶지 않을 만큼 모욕적이었다. 딱히 무엇 무엇이 잘못되었으니 그렇게 하지 말라, 내가 원하는 기구는 이것이 아니고 저것인데 왜 이것을 가져왔는가, 하고 구체적이고 확실하게 제 불만을 말하면 얼마나 좋을까. 앤더슨은 똑같은 기구를 건네주어도 미국인 간호사나 보조사가 건네주는 것은 받고, 재숙이 주는 것은 거절하는 식으로 교묘하고도 비열하게 그녀의 자존심을 건드렸다. 단지 그녀의 얼굴 색깔이나 생김새, 그리고 수술복에 폭 싸이는 자그마한 체구가 그저 제 마음에 들지 않기 때문이라는 것도 한참 후에야 알았다. 허긴 한국인이 몇 명 안 되는 시기에는 환자의 반발이 너무 심해 한국 간호사 스스로 사표를 쓰고 나온 적이 있다고도 들었다. 소아과의 한 동료는 아이들이 그저 제 얼굴만 보고도 마구잡이로 울어대는 바람에 혼쭐이 난 적도 있었다했다.

헤드너스 제인만 해도 재숙과는 취업동기였다. 애당초 몇 명 안 되는 한국인 간호사 처지로 까짓 지위에 연연하지 않고 살아왔기 망정이지, 한국에서 근무했더라면 아무리 승진이 더디어도 헤드너스 쯤은 너끈히 하고도 남은 경력을 가진 재숙이었다.

재숙은 아직껏 고국에서 가졌던 남편의 마지막 작품전을 잊지 못한다. 그에게 쏟아지던 찬탄과 성원을 바로 어제의 일인 듯 세밀한 부분까지 또렷이 기억하고 있다. 그런데 미국체

류 이십여 년 동안 그들이 얻어낸 것은 무엇이었나? 둘 사이에 태어난 사랑스런 남매와 팔 년이나 걸려 어렵사리 따낸 남편의 대학원 석사증과, 그의 여섯 번의 개인전. 스무 번이 넘는 그룹전과 몇 번의 수상경력. 그리고 융자금이 전체 금액의 반이 넘어서는 살림집 뿐. 이것은 애초에 이루고자 하던 둘의 꿈과는 너무나 거리가 멀었다.

얼마 전 남편은 한국의 한 화랑에서 초대전을 가진 적이 있었다. 너무나 오랜만이어서 그나 화랑주의 기대에는 결코 미치지 못했지만, 그에게는 다시 본국에 돌아가 그림만을 그리며 살고 싶다는 열망을 품게 된 계기가 되었다. 늦긴 했지만 늦으면 늦은 대로 옛날의 지기들과 어울려 맘껏 그림을 그리며 살 수 있다면, 그러면 그는 작품다운 작품을 쏟아낼 수 있을 것 같다고 했다. 사는 것처럼 살 수 있을 것 같다고 했다.

그는 본국의 몇몇 대학에 서류를 넣은 후 우편함을 맴 돌면서 영구귀국자들의 정보수집에 골몰했다. 요 며칠 전에도 남편은 말했다.

— 영수 형 있잖아. 경상도 산골에 있는 폐교 하나를 샀대. 뭐, 거기서 작품만 하면서 여생을 보내겠다나.

— 그 사람들은 아이가 없으니 결단이 쉬웠겠네.

딸애와 아들애의 완강한 반대를 생각하며 재숙이 대꾸했

다. 그 며칠 후엔 왕년의 영화배우 C씨가 떠나고, 그 얼마 후엔 톱 가수였던 O씨가 떠난다 했다.

― 당신도 대중이 좋아하는 걸 할 걸 그랬어요, 그럼 우리도 그들처럼 쉬이 돌아갈 수 있을 텐데…….

기어이 재숙이 남편을 한번 꼬집었다. 재숙의 대꾸를 건성으로 들어 넘기던 남편이 갑자기 눈을 빛내며 말했다.

― 국적문제도 걸리고, 나이도 적지 않고, 대학 강단에 서기에는 아무래도 문제가 많다는데, 차라리 나 혼자, 먼저 가서 자리를 잡으면 어떨까? 자리가 잡히면 당신이 따라 오면?

― 나 혼자 이 삭막한 곳에서 저 애들을 데리고 어떻게 살라고? 그러지 말고 애들 대충 학교 마치고, 우리 연금 나올 때 그때 가면 어떨까?

재숙이 묘안이라도 되는 양 말했다.

― 다 늦은 후에? 난 바로 지금 당장 떠나고 싶어. 적당한 공통분모를 가진 사람들과 같이 있을 때, 사람들은 가장 큰 행복감을 느낀다잖아. 나도 이제부터는 행복하게 살고 싶어.

― 그럼, 여태 당신은 불행했어?

남편은 때늦게 향수병을 앓고 있는 것만 같았다.

10년 전엔 남편은 프랑스로 떠나고 싶어 했다. 애당초 미국행을 선택한 것은 파리로 떠나기 위한 징검다리 역할이었으니

만큼 이제 파리에 가서 본격적으로 그림공부를 하겠다고 했다. 겨우 미국생활에 적응하여 집을 장만하고 작은아이도 초등학교에 갓 입학했을 때였다. 시댁 식구를 비롯하여 여러 루트를 이용하여 그를 말리다가 지친 재숙이 뉴욕의 미술대학원 입학을 권유하면서 요행히 파리행을 접는데 성공했다. 수입의 태반을 남편에게 과감하게 지원하겠다는 재숙의 설득이 먹힌 것이다. 그런데 남편은 대학원 생활에 적응하지 못했다. 생각보다 어학실력이 턱없이 부족한 걸 절감하게 된 계기가 되었다. 일반 대화는 문제가 없던 사람이 대학원 강의는 힘들어 했다. 젊어서 해야 할 공부를 뒤늦게 하려다보니 무리가 많았던 것 같다.

김 노인은 왜 또 나를 찾는 걸까? 설마 남편처럼 고국으로 갈 길을 모색하려는 것은 아닐 테지. 404호실이 빤히 보이는 지점에 이르러서야 김 노인에게 생각이 미치는 자신을 보고 재숙은 쓴웃음을 흘렸다.

아무리 무료 환자라도 적정서류만 작성하여 정부에 제출하면 치료비가 나오니 만큼, 병원 측에서는 여느 환자 이상으로 성의를 다해 치료하고 보살핀다. 면회 시간 외에는 입원실 안에 가족들을 함부로 들이지 않는 것도 여느 입원환자와 다르지 않다. 환자 한 명에 보호자 한두 명이 간병을 하는 한국병원에서 근무하던 재숙이 처음 이곳에 와서 가진 놀라움은 자못 컸다. 이렇게 비정할 수가 있나. 집안의 한 사람이 이렇게 고통 속에 사는데 환자만 달랑 간호사에게 남겨두고, 나머지 사람들은 예전처럼 먹고 자며 여태 그랬던 것처럼 아무 일 없이 지낼 수 있다니……. 집안에 환자가 한 명 생기면 간병 때문에 온 집안 식구의 생활이 뒤죽박죽이 되던 우리네 광경이 그래도 인간적이라는 생각은, 세월이 지남에 따라 여지없이 바뀌었다.

"오늘 환자 둘은 퇴원을 했고, 한 사람은 외출 중이야. 이 병실은 지금 통째로 내 차지여."

창가에 서있던 노인이 얼굴 가득 웃음을 지으며 재숙을 맞았다.

"내 방을 가져 본 게 대체 얼마만인지."

노인은 진정으로 흡족해 하는 것 같았다. 재숙은 노인이 서 있는 창가로 다가갔다. 잘 다듬어진 잔디와 아름드리 느티나무가 내려다 보였다. 바로 수일 전 노인과 재숙이 나란히 앉아있던 청록색 벤치도 보였다.

"딸년이 원래 그렇게 무정한 년은 아녔어. 나에게 곰살 맞을 때는 또 얼마나 곰살 맞았다고."

갑자기 노인이 오른쪽 손을 펴 보이더니 말을 이었다.

"이게 딸년이 내게 사준 반지여! 내 생전 처음 해본 호사였지."

정말 노인의 약지에는 굵고 붉은 에메랄드 반지가 반짝였다.

"그게 다 고 놈의 도둑고양이 때문이었어……. 고 놈이 그렇게 흉측한 놈인지 내가 어떻게 알았겠어? 딸 내외가 직장에 나가고 다섯 살, 네 살 연년생인 손자 둘이 내 차지였지. 한날 집에 도둑고양이가 들어왔는데 아이들이 어찌나 좋아하던지 그만 함께 어울려 놀게 했던 게 사단이 난기라. 애들에게 피부병이 생긴 거야. 애들이란 다 그렇게 크는 거 아닌가 말여. 시상에 내외가 번갈아 가며 나를 몰아세우는데 어찌나 기가 막히던지……. "

그 일이 바로 어제의 일인 양 새삼 노인이 진저리를 쳤다.

"내 비록 딸네 집에 와 얹혀 살고 있어도, 그런 대우를 받고는 못 살지……. 이곳에서는 베이비시터라나 하는 게 괜찮지 않은감? 내 딴엔 막둥이 아들 학비에 좀 보탬이 될까 해서 이곳에 온 거여. 설마 딸년이 제 새끼 맡겨놓고 직장 다니면서, 땡전 한 잎 안 주리라고 생각이나 해봤겠어? 허긴 언제나 내 마음이 씨 다른 제 남동생에게 가 있다는 것이 딸년의 큰 불만이었지. 전쟁 통에 과부된 내가 지들과 어찌되건 잘 살아보려고 하다가 그리 되었으나 그래도 내 책임 아녀. 그러니 내 맘이 언제나 막둥이 헌테 가있을 밖에. 그래, 지 년은 허구 많은 놈들 다 놔두고 하필 코쟁이와 눈이 맞았나 말여……. 더 이상 딸년 눈치 보기도 뭣해서 손자 놈들 피부병 낫자 마자 베이비시터 구한다는 이웃집 광고 보고 옮겨 앉았지. 집 나올 때 딸년이 어찌나 악다구니를 해대는지 내가 죽을 때까지 연락 안하려고 했어……. 그런데 혹여 내 병원비를 딸년이 물어줘야하는 건 아니겠지? 바늘로 찔러봐야 피 한 방울 안 나올 년이여. 혹여 나 죽었다는 소식이나 들으믄 모를까."

말을 그렇게 하면서도 노인은 소지품 함에서 무엇인가를 열심히 찾는 것 같더니만, 네 귀퉁이에 보풀이 난 낡은 쪽지 한 장을 재숙의 손에 쥐어 주었다. 딸의 연락처였다. 병원에서 승용차로 기껏해야 반시간 남짓이면 충분히 닿을 수 있는 거리였다.

"내 처지가 이렇다면 딸년이 그래도 나를 보러 와주지 않을까? 미안하지만 거기가 좀 연락을 해주면 좋겠는디……."

"아무래도 전화를 잘못 거신 것, 같은데요."

왠지 매사가 시큰둥할 것으로 여겨지는, 사십대 중반 쯤 되는 여자의 건조한 목소리가 며칠 사이 앵무새처럼 똑같은 말을 되풀이 하고 있었다.

"혹시, 최정자씨 댁 아닌가요?

"맞아요."

"그런데 김순분 할머니를 모른다고요?"

노인에게 전화번호를 건네받은 이후 재숙이 짬짬이 전화를 넣어 보았으나, 번번이 전화는 연결이 되지 않았다. 가까스로 통화가 되었을 때부터 상대방은 유창한 영어구사로 재숙을 당황시키더니, 자신이 최정자 임을 인정은 하면서도 김순분 할머니는 모른다고 잡아 뗐다. 며칠사이 번번이 똑같은 대화를 나누다보니 이제 재숙도 혼돈스러웠다. 다급해진 앤더슨의 부탁이 없었더라면, 재숙은 더 이상 통화시도를 하지 않았을 것이다.

"곧 퇴원 조치를 해야 합니다. 아무리 저 나이의 노인에게 보호자가 없다는 게 말이나 됩니까? 공짜 치료를 받았으면 고마운 줄을 알아야지. 강제출국 같은 악역을 내게 맡기다니⋯⋯. 나는 다른 것은 몰라도 노인을 공경하는 당신네들의 미덕은 알아요."

애당초 제 앞도 제대로 못 가누는 형편에 남의 일을 떠맡은 것 자체가 주제넘긴 했다. 최근 재숙은 남편의 잦은 귀국노래에 심적인 압박감을 느끼고 있었다. 재숙에게는 남편과 달리

겁 없이 고국에 돌아갔다가 끝내 그곳에 적응을 하지 못하고 되돌아온 이들에 관한 소식들만 귀에 들어왔다. 강산이 두 번이나 변하도록 비워두었던 자리에, 흔적 없이 되돌아가기가 어찌 그리 쉽기만 할까?

― 정 비디오 집 있잖아. 한국에 사두었던 땅만 믿고 갔다가 그만 사기에 걸려서 되돌아왔다네.

― 고향에 미술관 하나 짓고 살기가 소원이던 이 선생은 얼마 전 주요 작품을 대부분을 도난당하고 넋이 나갔데.

― 유 세탁소 집은 애들이 그 쪽 생활에 적응을 하지 못해 걱정이 많은 것 같아.

친목모임에 나갔다가 돌아온 재숙이 그런 이야기를 옮기면 남편은 쓰다 달다 말도 없이 돌아 누었다.

아무리 생각해도 이런 상태에서의 영구 귀국은 안될말이었다. 이곳에서는 그래도 두 사람이 게으름 피우지 않고 움직인다면 그런대로 중류 정도의 생활이 보장된다. 우선 그녀는 누가 뭐래도 연봉 5만 불이 보장되는 직장인이었다. 남편 역시 이곳 스테이튼 아일랜드에 이사 와서 한 장소에서만 십 년째 화실을 겸한 화방을 운영해 왔으므로, 큰 변고가 없는 한 생활해 나가는 데 지장은 없을 터였다. 이제 와서 귀국을 한다 해도 반겨줄 이 없는 고향이 무에 그리 큰 의미가 있을까. 맨

처음 빈손으로 이 땅에 와서 느끼던 막막함 같은 거야 물론 없을지 모른다. 적어도 고향이긴 하니까.

남편은 어쩌면 그때의 일을 잊은 것은 아닐까. 연애시절. 둘은 남편의 고향이기도 한 D시의 한 여학교에서 함께 교편을 잡았다. 지대가 높은 곳에 위치해 있던 교사는 고층건물이 별반 없던 그 무렵엔 제법 고층건물로 여겨질 만큼 높아 보였고, 그 때문에 시내 쪽으로 난 교사의 한쪽 벽면은 늘 정부에서 권장하는 우스꽝스런 구호가 적힌 플래카드가 연중으로 휘날렸다. 어느 날 반백의 교장은 미술교사인 남편에게 새로 하달된 표어를 내밀면서 플래카드에 옮겨 적을 것을 지시했다. '우리의 수출고지 드디어 오천 불 돌파!' 뭐 대충 그런 내용의 표어였던 것 같았다. 남편이 순순히 그 일을 맡았을 리가 없다.

"이곳이 산업전선인 줄 아십니까? 이곳은 신성한 학원입니다. 우리의 학원에 대체 왜 이러한 표어가 필요합니까? 정 플래카드가 필요하시면 페인트장이에게 부탁하시지요."

하얗게 질린 얼굴로 한동안 남편을 바라보던 교장은 두말 없이 그 자리를 떠났고, 플래카드는 붓글씨를 잘 쓰는 한문선생에게 떠맡겨졌지만, 그 일은 두고두고 남편의 교직생활에 적지 않은 파장을 몰고 왔다. 견디다 못한 남편이 약혼을 계기로 미국행을 결행한 것도 따지고 보면 그런 상태에서는 그림도, 교직 생활도 별 의미가 없다고 생각되어졌기 때문이었다. 남편이 그동안 귀국 전시회를 미뤄왔던 것도 따지고 보면, 나름대로 맺힌 마음이 있어서였다.

그런데 대관절 노인이 어떤 잘못을 저질렀기에 이 여자는 이처럼 완강하게 제 엄마를 부정하는 걸까. 노인의 말대로 단순히 제 자식을 돌봐주지 않고 집을 떠났다고 해서, 이처럼 제 엄마를 부정할 수는 없다는 생각이 들었다. 그렇다면 대체 둘에겐 무슨 사연이 있는 걸까. 그러다보니 별다른 이유도 없이 여태 그녀와의 통화가 영어로 이루어졌다는 데 생각이 미쳤다. 재숙은 불현듯 모국어로 떠들어대고 싶은 충동을 느꼈다.

"당신은 정말 나쁜 사람이군요. 어떤 사정이 있는지 모르지만 자신의 어머니를 부정하는 것은 옳지 않아요. 천륜을 부인하다니요, 이건 금수만도 못한 일이어요."

재숙은 이번에는 또렷한 모국어를 사용했다. 전화선 저 쪽에서 여자가 뭐라고 계속 떠들어댔음에도 재숙은 아랑곳하지 않고 말을 이었다. 가슴에 맺혀있던 응어리가 조금 풀리는 것 같았다.

"설마 제 자식 전화번호를 엉터리로 알려주는 부모가 있겠어요? 할머니는 여기 스테이튼 아일랜드에 있는 제임스병원 F

병동 404호실에 계세요. 며칠 사이 당신이 오지 않으면 당신 어머니는 한국으로 강제송환 될지 몰라요. 설마 할머니의 비자기간이 이미 오래전에 만료된 건 알고 계시겠지요? 나는 단순히 그 사실을 알려주려고 전화를 넣었을 뿐이니 그리 아세요. 혹시 마음이 바뀌면 전화주세요, 전호번호는 667국에 ****입니다."

수화기를 내려놓으려는데 여자가 다급하게 외쳤다.

"도대체 왜 이러세요? 난 정말 그런 사람 모릅니다. 정말 모른다니까요. 한 번 더 내게 이런 전화 하면 경찰에 고발하겠습니다."

이번에도 여자는 유창한 영어를 쓰고 있었다.

어제 밤엔 정말 악몽을 꾼 것만 같았어. 엑셀레이터를 밟은 발에 힘을 주며 재숙은 뇌까렸다. 직장인 제임스병원까지는 불과 10분 거리이면 족했다. 이젠 눈을 감아도 운전이 가능할 것 같은 새벽거리는 언제나처럼 한산했다. 벌써 때이른 플라타너스는 낙엽을 흩뿌리기 시작했다. 성질 급한 미화원 몇 명이 벌써 휠링 머신을 들고 나와 낙엽을 치우고 있었다. 위잉~ 위잉……. 기계는 사정없이 돌아가면서 제 입 속으로 길가의 낙엽을 쓸어 모았다. 한국에서는 아직도 미화원들이 기다란

마당비로 거리를 쓸까?

출근 시간이 이른 탓에 이 아침, 그녀는 가족의 누구와도 부딪치지 않고 집을 나올 수 있었다. 오늘 그것이 재숙에게는 더없는 위안이었다.

어제는 딸애가 그토록 기다리던 쫀의 생일이었다. 핑크색 이브닝드레스로 한껏 성장을 한 사라는 눈부시게 아름다웠다. 제게 어울리는 드레스를 스스로 골라낸 딸의 눈썰미도 그렇고, 그 비싼 드레스를 한 마디 불평 없이 사줄 수 있었던 자신의 배포까지도 다 대견할 지경이었다. 그런데 그녀의 부탁으로 어느 날보다 일찍 퇴근한 남편은 딸애의 모습을 보자마자 눈살을 찌푸렸다.

"대체 옷이 그게 뭐야? 가슴이 훤히 들여다보이잖아?"

곧이어 딸애를 에스코트하기 위해 턱시도 차림으로 들어서는 쫀을 보고는 아예 눈빛이 싸늘해졌다.

쫀이 이태리계라는 것을 남편은 정녕 몰랐던 것일까. 재숙이 부엌으로 자리를 옮기자 따라 들어선 남편은 부운 목소리로 말했다.

"도대체가 당신은 애들 교육을 어떻게 시키는 거야? 한국아이 아니면 안 된다고 했잖아."

아이들이 아주 어렸을 때부터 남편은 결혼만큼은 반드시

한국 사람과 해야 한다고 일러왔다. 어찌해볼 도리 없이 갖게 되는 문화적인 차이 때문에 라거나, 조상이 준 외모를 변형시키지 않고 물려받은 그대로 보존해야하는 의미 등의 주석을 달지 않아도, 그것은 재숙에게나 두 아이들에게 이미 확고부동한 원칙이었다. 세뇌작전이 주효했는지 어렸을 때부터 백인아이, 흑인아이 가리지 않고 잘 어울려 지내던 남매가 언제부터인가 한국 아이들과만 어울리기 시작했다. 지난 번 사라의 생일파티에 초대된 애들도 대부분 한국아이들이었다. 그 아이들이 본명 외에 다 하나씩의 외국이름을 가지고 있는 만큼 남편은 응당 존도 한국아이려니 했던 모양이었다.

지금 이 시각에 남편의 신경을 거슬려 좋을 것이 없음을 뻔히 아는 재숙이 생글거리며 빠르게 대꾸했다.

"지금 쟤들이 결혼을 한다는 게 아니잖아. 데이트야, 단순히 데이트! 이곳에 살면서 설마 데이트까지 한국 애들과 하라고는 하지 않겠지?"

"그러다가 결혼하겠다면? 애당초 그럴 가능성을 만들지 않는 게 좋아."

"저 앤 이제 겨우 열일곱이야, 열일곱! 알겠어? 그리고 오늘은 존의 생일파티야. 사라는 그 애의 파트너이구. 당신, 설마 그 애의 생일 파티를 엉망으로 만들 작정이야?"

"이 땅엔 열예닐곱에 애 엄마가 된 아이들이 부지기수야. 당신에게 맡겼다간 애들 다 망치겠어. 어쨌든지 선애를 내보내지 말아."

사라의 이름을 지을 때도 둘은 몹시 다투었다. 결국 '살아보자'의 '살아'를 소리 나는 대로 쓴 '사라'에 의미를 부여한 남편에 의해, 딸애는 어렵사리 외국이름을 얻고도 '선애'라는 한국이름을 하나 더 가지고 있었다. 그런데 최근까지 남편은 선애라는 이름으로 딸애를 부른 적이 없었다.

지금 남편은 자신의 기분이 최악이라는 선전포고를 하고 있는 셈이었다. 아무리 그렇더라도 재숙은 이 날을 위해 특별 댄스교습까지 받아가며 만반의 준비를 해온 딸애를 결코 실망시킬 수 없었다. 딸애는 존과 함께 엄연한 오늘의 주인공이다. 살아가는 동안 완벽한 주인공 역할은 과연 몇 번이나 가능한 걸까. 나만 해도 내 인생의 주역이긴 한가 말이다. 언제나 나는 애들과 남편보다 한 걸음 뒤쪽에 처져 있다. 내 머릿속은 나에 대한 문제보다 가족에 대한 문제로 언제나 가득 차 있다.

오늘은 그 애에게 특별한 날이다. 그녀는 딸애에게 두고두고 기억할만한 추억거리를 주고 싶었다. 단지 그 뿐이었다. 재숙은 둘을 조용히 밖으로 내보냈다.

"죤, 사라. 오늘 밤 좋은 시간 보내!"

딸애의 표정이 금세 풀어졌다. 이윽고 죤의 빨간 스포츠카가 시야에서 벗어났다.

"이제 내 말이 말 같지 않아?"

남편의 고함소리와 함께 집안으로 들어서던 재숙의 머리 위로 용설난 화분이 공중에서 분해되어 요란한 소리를 내며 쏟아졌다. 재빠르게 피하지 않았으면 머리를 크게 다칠 뻔 했다.

"어디 네 맘대로 다 해 봐. 집안 꼴 어떻게 되는지……."

그 뒤로도 남편은 계속 고함을 치며 무엇인가를 던졌다. 손에 잡히는 것은 무엇이든지 닥치는 대로 아래층으로 집어던지는 모양이었다. 좀처럼 자기의 감정을 드러내는 적이 없던 남편이었다. 놀란 것은 재숙보다 거실에 있던 아들애였다. 그 애가 소리치며 제 아빠가 있는 2층으로 달려 올라가는 게 보였다.

밤새 악몽을 꾼 것일까. 아침을 준비하려고 문간방에서 나와 보니 거실 곳곳에 깨진 화분 조각과 흙덩이들이 너저분하게 널려 있었다. 남편이 늘 주변에 놓고 읽던 대여섯 권의 책도 발에 밟혔다.

조심조심 딸애의 방문을 열어보았다. 언제 돌아온 걸까. 간밤에 제 집에서 있었던 소동을 알 리 없는 딸애는, 댄스파티의 여흥에서 아직 깨어나지 않았는지 얼굴에 홍조를 띄운 채 혼곤히 잠속에 빠져있었다.

이층으로 올라온 재숙은 남편의 방문을 밀었다. 서울행 비행기에 오른 꿈이라도 꾸고 있는 것일까. 남편의 입가에는 엷은 미소가 잔잔하게 피어올랐다. 남편이 한 번 몸을 뒤채자 그의 가슴께에서 무엇인가 작은 책자가 풀썩 떨어졌다. 지난번 귀국하여 초대전을 했을 때 가져와 짬이 날 때마다 들여다보던 대한민국 관광안내 책자였다. 밖은 저 지경으로 해놓고 남편은 밤새 태평하게 이 책을 독파했다는 말인가. 재숙은 착잡했다. 잠든 그를 흔들어 깨운 후 그렇게 소원이면 혼자라도 떠나버려! 외치고 싶은 욕구로 재숙은 몸이 다 떨렸다.

반쯤 열어두었던 차창을 닫고, 재숙은 라디오의 채널을 이리저리 돌려보았다. 어디에서건 젊은 그룹들이 불러대는 노래가 판을 치고 있었다. '콜 니드라이' 같은 잔잔하게 심금을 울리는 현악기의 선율이 듣고 싶은데, 몇 년 새 클래식 전용의 방송 프로그램이 사라지고 만 것이다.

가만, 저기 바삐 걷고 있는 저기 저 노인은? 재숙은 아까부터 왠지 자꾸만 눈길을 끄는 한 사람을 확인하기 위해 서행을 하다가 그만 소스라치게 놀랐다. 애써 땅바닥을 보며 걷고 있는 이는 아무리 보아도 김노인이었다. 백미러를 통해보니 그녀의 모습이 자꾸만 멀어져갔다. 노인은 대체 지금 어디를 향해 저처럼 바삐 걷고 있는 걸까. 이 이른 시각에.

그러자 불현듯 떠오르는 한 가지 생각. 노인은 지금 줄행랑을 치고 있는 것이다! 그렇다. 노인은 지금 줄행랑을 치고 있는 것이 분명하다. 생각조차 때때로 영어로 되는 이즈음에 '러닝 어웨이'보다 먼저 떠오른 낱말, 줄행랑. 재숙은 제 모국어 실력이 아직 이처럼 건재하다는 것이 그렇게 놀라울 수가 없었다. 이 얼마나 함축성 있는 말인가. 코너에 몰려 있다고 판단이 섰을 때 인간이 할 수 있는 가장 단순하며 적합한 방법. 이름하여 줄행랑. 앤더슨은 어떤 얼굴을 할까. 너희 나라 사람들 하는 짓이란 도대체가……. 또다시 경멸의 눈빛을 보낼 것이 분명하다.

찰나적이긴 해도 재숙은, 남편이 김노인처럼 줄행랑이라도 쳐서 한국행 비행기를 타버렸으면 하는 바람을 가져보았다. 그러면 더 이상 이런 식의 팽팽한 긴장국면을 갖지 않아도 좋을 텐데……. 재숙은 자신도 모르게 입귀가 삐뚤어지는 걸 느꼈다.

그와 동시에, 가까운 친구는 물론이고 가볍게 오고 갈 수 있는 친인척 한 명 없는 이런 생활에서 벗어나, 남편 말마따나 공통분모를 가진 사람들과 어울려 사는 것처럼 한번 살아보고 싶은 욕구가 강하게 꿈틀대는 것을 재숙은 감지했다.

 식구들이 모두 잠든 이른 시각, 시리얼에 우유를 넣어 허겁지겁 마시고 나가서 고작 라면이나 샌드위치로 점심을 해결하고, 저녁식사 때나 되어야 가족이 함께 마주 앉는 스탠더드 미국생활. 아아, 남의 집에 잠시 얹혀 살고 있는 것만 같아 늘 조심스럽기만 한 이곳 생활이 실은 나도 지금껏 익숙하지 않다.

 이 낯설은 땅에 와서 살아보려고 작정했던 그 용기 하나만 있다면 내 나라, 내 땅에서 이겨내지 못할 고초 같은 게 애시당초 있기나 한가 말이다. 그런데, 내 나라, 내 땅이라니? 과연 나의 나라는 어디인가? 이민법에 의해 재숙은 10년 만에 가까스로 미국인이 되었다. 이제부터 당신은 미국 국민이다. 세계 어느 곳에서 문제가 발생한다 하더라도 국가는 반드시 우리 국민인 당신의 안전과 자유를 위해 최선을 다하겠다. 그러니 당신은 국민으로서의 의무 또한 성실하게 다 해 달라. 미국 헌법에는 미국인의 권리와 책무에 대하여 이처럼 또렷하게 명시되어 있었다.

 이 땅에 발을 붙인 이래 늘 보잘 것 없는 존재로 여겨졌던 자신에게 얼마나 막강한 백그라운드가 생긴 건지. 그토록 열망하여 마지않던 미국국적을 취득하게 되었을 때도 재숙은 드러내 놓고 기뻐하지 못했다. 마음의 준비가 덜 되었다고 미국 국민이 될 기회를 유보한 남편은 아직껏 시민권자로 남아 있다.

나는 미국인이고 남편은 그러면 아직은 한국인인 건가? 그럼 당연히 남편은 한국으로 돌아가야 하고, 나는 남아 있어야 마땅하다. 이토록 명쾌한 해법 앞에서 뭘 그렇게 오래 망설였을까?

"당신 뜻대로 해, 난 미국인이니 여기 남겠어. 당신은 아직 반만 미국인이니 한국으로 돌아가고 싶으면 그렇게 하도록 해. 아이들은 아이들의 의사에 맡기는 게 좋겠어. 우린 민주주의 국가에 살고 있으니까 그렇게 하는 게 합리적일 것 같아. 당신 생각은 어때? 오케이?"

남편에게 통고할 생각만으로도 재숙의 입가에 꽃 같은 웃음이 피어났다.

신점 보는 시간

New York Life 2019, 16x20 inch

1.

 언제부터 엄마에게 저장 강박증이 생긴 걸까. 시골 엄마 집에 들를 때마다 못 보던 물건이 하나 둘 들어와 있는 것을 보게 되었다.
 그 시작은 집 주변에 아파트 단지가 들어서면서 부터였다. 아파트 주민들이 키우다가 내다 버리는 화분이 한 둘이 아니었다. 엄마는 그것들을 집에 들여 분갈이를 한 후 햇볕에 내놓고 날마다 정성껏 물을 주었다. 오래 지나지 않아 화분에는 싹이 돋고 꽃이 피어났다. 한동안 그렇게 엄마는 아파트 주변에 버려진 화분을 수거하는 일에 몰두했다. 화분의 종류가 많아지자 어쩌다 내가 들르면 그것들을 주지 못해 안달이었다. 식물도 주인을 알아보는 것이어서 나는 번번이 식물을 가져다 죽일 뿐인데도 엄마는 포기하지 않았다. 거절할 수 없어 받아온 화분을 나는 가까운 이웃들에게 나누어 주었다.

 오래지 않아 엄마도 그런 나를 눈치 챈 것 같았다. 한동안 화분 공세에 밀리지 않아 다행이다 했는데, 집에 들를 때마다 매번 또 다른 무엇인가가 눈에 띄었다.

 처음엔 실내용 자전거가 들어왔다. 겨울동안 집안에만 머무르니 엄마에게 운동이 부족하던 때여서, 내가 반기자 엄마가 아주 흐뭇해했다. 어느 날인가 4인용 식탁이 들어왔다. 제법 쓸 만한 새 물건이었다. 혼자 밥상을 차려 식사하는 것 보다 나을 거라 생각되었다. 그때까지는 그런대로 괜찮았다. 어느 날엔가 집에 들렀더니 더블 침대가 들어와 있었다.

 "이거 뭐예요?" 내가 물었더니

 "너희들 오면 잘 데가 마땅찮아서." 엄마가 대답 했다.

 "세상에 누가 쓰던 침대인 줄 알고? 우리가 와서 자면 얼마나 잔다고?"

 어이가 없어 내가 반문하자

 "봐라, 멀쩡한 새 거여. 시상에 이 아까운 걸 다 버리고. 이 죄를 다 어찌 받으려고……. 아무리 물자가 흔하기로 이러면 못 쓰는 겨."

엄마는 단호했다. 예전 같으면 동티난다고 나무랄 양반이다.

서울에 사는 큰오빠로부터 엄마의 입원 소식을 들었다. 마침 작은 오빠도 출장 중이어서 가볼 사람이 나 뿐이라며 오빠가 간곡하게 부탁했다. 그동안 엄마가 무탈하게 잘 지낸다고 믿었기에 무슨 일이 생긴 건지 많이 놀랐다.

"그 동안 우리 막내, 애썼다. 이제부터는 오빠가 엄마 잘 챙길 테니, 널랑은 제발 모두 잊고 편히 살아라."

큰오빠는 결혼하기 직전까지 엄마와 단 둘이 살았던 나한테 채무감을 가졌던 것 같았다.

오빠의 당부대로 결혼을 한 이후로는 가능하면 친정을 잊고 살려고 애썼다. 시부모를 모시고 연년생인 두 아들을 낳고 키우느라고 사실 마음의 여유가 없기도 했다. 아이들이 각자 제 진로를 찾아 내 곁을 떠나고 나자, 이따금 시간을 내어 엄마를 찾아보기 시작했다.

어마어마하게 큰 바위 위에 음각으로 한울요양병원이라고 새겨 넣은 병원은, 허허벌판에 나무 한 포기 없이 신축건물 세 동이 옹기종기 붙어있어 을씨년스럽기 짝이 없었다. 언뜻 보아도 완공날짜에 맞춰 성급하게 건물을 마무리한 흔적이 역력했다. 실내에 들어서자 덜 마른 시멘트와 페인트 냄새가 진동을 했다. 아무리 군소재지에 새로 지어진 요양병원이어도 그렇지 어쩌면 환경이 이리도 열악할까? 이런 곳에 엄마를 두다니 누구에게랄 것 없이 서운하고 마음이 불편했다.

외양과 달리 안내 데스크에는 꽤 많은 직원들과 손님들이 섞여있어 어수선했다.

안내를 받고 들어선 면회실에서 얼굴이 반쪽이 된 엄마를 만났다. 밤새 벽을 두드리며 소리치는 엄마 때문에 잠을 잘 수가 없다고 이웃들이 신고를 해 와서 급히 이곳으로 이송할 수밖에 없었다고 담당자는 설명했다. 아무리 엄마가 그 정도로 포악했을까? 혼자 사는 노인인데 좀 더 이해하고, 더 좋은 방법을 찾을 수는 없었을까? 나름 전원생활을 꿈꾸며 들어왔을 그들을 이해 못하는 바는 아니나, 이건 옮겨온 돌이 박힌 돌을 빼낸 꼴이었다. 전원주택이 하나 둘 늘어갈 때부터 예고된 수순이긴 했다. 엄마의 허름한 시골집은 그들 입장에서 보면 눈엣가시 같았으리라.

얼마나 발버둥을 쳤던 걸까? 엄마의 야윈 손목과 발목에 딱지가 생기고 보라색 피멍이 들어 있었다. 사지를 침대에 묶어놓은 엄마의 처참한 모습이 눈에 본 듯 선연하게 그려졌다.

"이게 엄마를 잘 챙긴 거야?"

핸드폰을 연결하여 병원장이 있는 자리에서 큰오빠에게 한바탕 해부치고, 나는 무작정 엄마를 데리고 나왔다. 그렇다고 신고한 이웃이 있는 엄마의 집으로 돌아갈 수도, 병환 중인 시어머니가 있는 우리 집으로 모셔올 수도 없었다.

시외버스 정류장에 나와 보니 마침 강릉행 버스가 서 있었다. 이것저것 생각하지 않고 엄마와 함께 버스를 탔다.

다 저녁에 도착한 동해바다는 마침 노을이 한창이었다. 노을을 배경으로 파도를 맞으며 밝게 웃어 보이는 엄마에게서 그 옛날의 건강했던 모습이 보였다. 세상을 다 가진 듯 환한 엄마의 모습을 가까이에서 지켜보며 한가로운 시간을 보냈다. 모처럼 함께 사진도 찍었다. 엄마는 어린아이처럼 즐거워했다.

"엄마는 좀 어떠시니?"

젊은 날, 홀연히 미국으로 취업이민을 떠났던 언니로부터 영상전화가 걸려왔다.

"순이구나, 아아, 우리 큰 딸."

화면 속 언니는 젊은 시절의 엄마를 많이 닮았다. 큰조카 결혼식 때 다녀가고 한참을 만나지 않아 나는 서먹한데, 엄마는 방금 떠나보낸 듯 너무나 자연스럽다.

"너희들이 평탄하게 잘 살아줘서 정말 다행이다. 내 팔자를 닮을까봐 엄마는 늘 마음을 졸였구나. 한서방은 건강하고? 하나랑 두리는?"

나는 둘의 대화를 한 치 건너 듣고 있다. 한동안 이어지던 대화는 어느 순간 뚝 끊겼다. 엄마가 갑자기 눈물을 보이기 시작한 것이다. 전화기를 사이에 두고 세 모녀는 흐느끼기 시작한다. 일찍부터 우리 곁을 떠나 살아야 했던 만큼 언니도 설움이 많았을 것이다.

"옥이, 옆에 있니?"

갑자기 언니가 나를 불렀다.

"언니, 나 여기 있어."

급히 내가 나섰다.

"너, 울 엄마 불쌍한 거 잘 알지? 너, 그거, 절대 잊으면 안 된다."

"알고 말고, 언니. 언니는 어때?"

지난 번 통화에서 언니는 아무래도 심리상담을 받아봐야겠다고 말했었다.

"병원에서 아무래도 그리 하는 게 좋겠대서. 자꾸만 누군가가 나를 미행하는 것 같아."

"그새 언니를 짝사랑하는 사람이 생긴 거 아냐? 언니가 어지간히 매력이 있어야 말이지?"

"형부랑 똑같은 말을 하네? 둘이 말 맞췄어?"

다행히도 언니는 웃음으로 응수한다.

"언니도 건강, 잘 챙겨. 애들 위해서라도 건강해야지."

"옥아, 근데, 넌 정말 괜찮아?"

"그저, 늘, 기도하며 살고 있지."

"그래, 다행이다. 너라도 행복해야지."

"언제 한 번 안 나와?"

"당분간은 어렵지 싶어, 사진이나 많이 찍어 보내렴. 엄마, 참 편안해 보인다."

"근데 언니, 그거 알아? 언니가 젊었을 때 엄마랑 많이 닮았네. 판박이 한 것 같아."

"그래? 옥아, 거기 풍경도 좀 보여줘. 아아, 노을이 좋다. 참말 이뻐……."

여행에서 돌아온 이후 엄마의 이사를 서둘렀다. 생각했던 것보다 엄마의 저장 강박 증세가 꽤 심각했다. 그렇지 않아도 물건이 넘쳐나는 집안에 어디선가 가져다 쟁여둔 김치통들과 플라스틱 용기들. 내 눈엔 그저 쓰레기에 불과한 것들이 한도 없이 쏟아져 나왔다. 참지 못하고 나는 그만 버럭 소리를 질렸다.

"이게 다 뭐야?"

"쉿, 성당 사람들에게 얻어 온 거여."

"엄마가 성당을?"

"그려, 성당에 나가."

"언제부터?"

"오래 되었어, 니 아버지가 엄마 데리고 가려고 얼마나 애썼 간다……. 나도 마음 부칠 데가 필요항께."

아버지가 엄마와 함께 가고 싶어 했던 곳. 나 또한 다른 성 가정처럼 온 식구가 나란히 성당마당에 들어가는 꿈을 얼마 나 간절하게 꾸었는지. 그때엔 어려웠던 일이 이제는 가능하 다니, 그나마 다행이라고 생각했다.

먼젓번 집에서 되도록 멀리 떨어진 곳에 있는 주택을 골랐 다. 옛집보다 마당이 꽤 넓어서 무엇이든 식물들을 키울 수도, 원한다면 개나 닭을 키울 수 있는 공간이 있었다. 작은오빠가 오며 가며 들여다보겠다며 기어코 제 집 근처로 정하라 채근 하는 통에 못 이기는 체, 그렇게 하기로 했다. 한동안 엄마는 식물을 키우고 가꾸는데 재미를 붙일 것이다.

아침부터 엄마와 통화가 이루어지지 않아 불안했다. 오후늦게 작은오빠로부터 엄마가 감쪽같이 사라졌다는 소식을 전해 들었다. 새 집에 적응하기가 어려웠던 걸까? 경찰에서도 엄마가 핸드폰을 놓고 갔기 때문에 어려움이 많지만 지문 조회 등 최선을 다하고 있다는 답변이 왔다고 했다. 대체 어디서 엄마를 찾아야 하나? 엄마를 찾아 헤매던 숱한 장면들이 떠올라서 울적했다. 우선 막내 이모에게 전화를 넣었다.

"그렇지 않아도 어제 밤 꿈속에 네 엄마가 보여서 걱정하던 참이다."

할 수 없이 엄마의 근황을 전했더니 이모가 말했다.

"한동안 잠잠해서 이제 다 지나갔나 했더니만."

"이모, 엄마가 대체, 어디에 계신 거 같아?"

"혹시 언제 엄마랑 바닷가에 간 적이 있니? 꿈에 바다가 보였어."

"얼마 전 엄마랑 동해에 간 적이 있긴 해. 설마 엄마가 그 먼 곳을 가셨을까? 근데 이모, 엄마가 자주 없어지던 그때, 혹시 기억나?"

"기억나다마다. 그즈음 네 엄마 병이 유난히 더 심했지. 그걸 어찌 잊겠니? 왜 그렇게 너의 학교엘 찾아가 막내, 너를 힘들게 했는지. 오죽했으면 네 아버지가 동네 만신 말만 듣고 네 언니를 입양 보냈을까."

2.

 어디를 그리도 헤매다 온 걸까? 머리는 거의 산발에 가깝고, 흐트러진 옷매무새는 더 이상 어쩔 수 없이 난감하다. 눈빛은 이미 딴 세상 사람이고 이 초겨울 날씨에 맨발이다. 담임선생님은 엄마가 교문 앞에서 기다리고 있으니 가방을 챙겨서 집에 가도 좋다고 했다.

 엄마를 본 순간 나는 심한 부끄러움을 느꼈다. 서둘러 교문을 빠져 나와 눈을 내리깐 채, 그저 앞장서서 걷기만 했다. 새 학년 새 학기인데 엄마는 어떻게 용케도 우리 담임을 만난 걸까? 이번 학년엔 마음에 쏙 드는 선생님이 담임이 되었다. 선생님에게 잘 보이고 싶었다. 그런데, 이게 무슨 꼴이람. 나는 그저 앞만 보고 걸었다. 중간 중간 엄마가 잘 따라오는지 기다렸다가 다시 걷기를 1시간 남짓. 마침내 집 앞 냇가에 닿았다. 뒤돌아보니 엄마가 냇가에 엎드려서 세수를 하고 있었다. 물을 묻혀 머리도 간초롬히 매만졌다. 그제야 낯익은 엄마의 모습으로 돌아왔다.

 집에 들어서자마자 엄마는 그대로 쓰러져 곤한 잠에 빠졌다. 물수건으로 엄마의 발을 닦았다. 금방 물수건이 새까매졌다. 몇 군데 발에 생채기도 났다. 아버지가 그랬듯이 머큐

롬을 찾아 상처부위에 발랐다. 그런 다음, 엄마의 발치에 무릎을 세우고 앉았다. 아무리 미워도 나는 아픈 엄마를 지켜야 한다.

"계명성이, 어이, 계명성이……."

몸부림치며 괴로운 듯 엄마는 몸을 몇 번 뒤척였다. 누군가에게 쫓기는 것 같이 절박한 몸짓이었다. 잠시 뒤 엄마는 또다시 혼곤히 잠에 빠졌다.

얼마간의 시간이 흘렀을까, 나도 살포시 잠이 들었다. 누군가가 내 앞에 바람을 일으키며 빠르게 지나가는 느낌에 눈을 떴다. 엄마가 막 부엌으로 내려가는 중이었다. 곧 언제 그랬냐는 듯이 천연스럽게 저녁을 지을 것이다.

소식을 듣고 뒤늦게 달려온 아버지는 엄마를 훔쳐보며, 한편으로 나를 달래느라 몹시 애를 썼다. 벌써 세 번째이므로 나는 골이 단단히 났다. 나는 학교를 다니지 않겠다고 아버지에게 떼를 썼다. 아버지는 그동안 산에서 채취한 온갖 약재를 한데모아 밤늦게까지 달이는 눈치였다. 곧 온 집안에 한약 냄새가 스며들었다.

언젠가부터 엄마의 행동은 점점 더 걷잡을 수 없어졌다. 다정하고 말이 없는 엄마가 영 딴 사람이 되는 것이다. 처음에는 우리 뒷산 미아골에서, 어느 해인가는 읍내 시장에서 발견되어 우리를 놀라게 했다. 매번 엄마의 모습이 딱 오늘 같았다.

"그래도 막내, 너한테로 가서 우리가 엄마를 찾아 헤매지 않아도 되니 얼마나 다행이냐?"

아버지는 말했다. 그건 그런데 하필이면 나만 찾아 오냐는 말이다. 우리 학교엔 나 말고 작은오빠가 있는데도 엄마는 유독 나만 찾아왔다. 그때마다 창피해서 딱 죽고 싶었다. 그날 처음으로 엄마가 빨리 죽었으면 좋겠다는 생각을 했다.

작은오빠의 귀에도 분명 들어갔을 텐데 오빠는 그런 날, 내게 와 주지 않았다. 오히려 캄캄한 밤이 되어서야 집에 돌아왔다. 어디를 헤매다 왔는지 옷에 온통 검불과 흙투성이였다.

동네 어귀에서부터 징소리가 요란했다. 나도 모르게 뜀박질을 해서 집으로 들어섰다. 마당 한쪽에 푸짐한 상이 차려져 있고, 그 앞에 무당이 푸른 잎이 무성한 대나무 가지를 들고 주술을 읊고 있었다. 멀리에서 온 유명한 무당이라고 동네 사람들이 수근거렸다. 박수무당이 계속 북과 징을 쳐대는 바람에 귀가 따가왔다. 주술의 내용은 정확하게 들리지 않았으나 엄마의 병이 빨리 낫게 해 달라는 것 같았다.

무당의 지시에 따라 아버지가 엄마를 데리고 나와 그녀 앞에 앉혔다. 사색이 된 엄마가 한동안 무당을 노려보았지만 그녀는 아랑곳하지 않았다.

"임진년 동짓달 스무하루 생 정가 할머니. 그저그저 이 제 삿밥 잡숫고 평안히 돌아가소서. 그만하면 되셨습니다. 이 집 당주도 다 성주님 마음 다 알고 있답니다. 온 사방 군데 떠 도느라고 얼마나 외로우셨습니까? 그리 가셨으니 찾아올 무덤도 없고, 애닯고, 서럽다 하십니다. 찾아와도 반겨 줄 자손도 없고. 배도 좀 곯았겠습니까? 그러니 이 밥 잡숫고 그저 편안히 가십시오……."

대나무가지와 방울을 동시에 흔들어대면서 무당은 온 마당을 헤집고 다녔다. 사설이 한차례 끝나고 땀을 훔치던 무당이 갑자기 엄마를 힐끗 쳐다보더니만, 가까이 다가가 엄마의 손에 대나무 가지를 쥐어 주었다. 그때까지 아무 말 않고 조용히 앉아 있던 엄마가 갑자기 일어나서 그녀가 건네준 대나무 가지를 바닥에 힘껏 패대기쳤다.

"네 이년, 무엄하다! 예가 어디라고 와서 방정이냐?"

엄마의 입에서 나온 위엄에 찬 목소리에 나는 그만 딱 얼어붙었다. 나뿐만이 아니었다. 동네사람들이 모두 술렁거렸다. 아버지도 놀라서 안절부절했다. 그 목소리는 내가 늘 듣던 엄마의 목소리가 아니었다. 전혀 낯선 이의 음성이었다. 조상 대대로 동네 땅의 거의 대부분을 소유하고 있는 송씨 어르신한테나 들어봄직한 목소리였다.

"보자보자 하니 네 년이, 예가 어딘 줄 알고 감히 나서서, 짓고 까부르는 게냐? 당장 물러서지 못할까?"

나는 여직까지 그날의 엄마처럼 절도 있고 힘이 있는 음성을 들어본 적이 없다. 나는 침을 꼴깍 삼키며 엄마의 다음 행동을 기다렸다.

"아이고, 마마! 몰라 뵈어서 죄송합니다. 그저 소인을 죽여 주시옵소서. 그나저나 귀하신 분께서 예까지 어인 일이시온지~~."

무당이 말을 받자,

"오늘은 이쯤하고 물러 나거라. 내가 네 년까지 상대하고 싶지 않으니……."

엄마가 거만한 자세로 자리를 박차고 일어섰다. 그리고 조금도 망설이지 않고 곧바로 안방으로 들어가 버렸다. 기다렸다는 듯이 박수무당이 북과 징을 쳐댔다.

"워~이, 워~ 우~ 히! 물렀거라! 물렀거라! 너야말로 우리 신령님 앞에 무슨 해괴망측한 짓이냐? 워~히! 워~~어~히! 받으라는 신령님 뜻은 받잡지 않고, 무슨 고집은 그리 쇠심줄인지……. 그저 그저 조상님 은덕으로 편히 살 수 있는 길을 놔두고, 이 무슨 조화 속이냐? 어여 곁으로 오랍신다아! 세 분 할머니께서 기다리신다아~~."

그 기세를 몰아 무당이 현란한 몸짓으로 춤을 추기 시작했다. 그녀가 입은 오방색 신옷이 그녀의 움직임에 따라 펄럭일 때마다 사람들의 탄성이 높아만 갔다. 한차례의 춤사위가 끝나자 무당은 갑자기 뒷자리에 서있던 나에게로 다가왔다. 그녀가 갑자기 내 손을 낚아채어 방금 전 엄마가 떠난 그 자리로 나를 끌고 갔다. 졸지에 나는 사람들에 에워싸였다. 공포로 온몸이 얼어붙는 것 같았다.

"우리 애기씨. 왜 이리 얼굴이 못쓰게 되었소? 에고 불쌍해라. 아무래도 여기 이 애기씨, 이대로 두면 몇 년 새 큰일 치루겠소."

갑자기 몸에 한기가 느껴지며 온 몸이 떨리기 시작했다. 무당의 눈에서 뿜어 나오는 레이저 같은 빛을 도저히 감당할 수가 없었다. 그녀가 내 손에 엄마가 패대기친 바로 그 대나무 가지를 들려주었다. 내 의지와는 상관없이 내 손에서 대나무 이파리가 무섭도록 흔들렸다. 나도 모르게 박수무당의 징소리에 맞춰 마당을 가로지르며 펄쩍펄쩍 뛰었다.

"할무니, 할무니! 무서우니 가까이 오지 마! 얼굴이 왜 그래, 왜 그래? 무서워, 무서워!"

내 눈에 한 할머니가 보였다. 뭔가 단단히 화가 난 것 같았다. 그녀의 얼굴이 몹시 일그러졌다.

"잘못했어, 할머니. 제발, 제발, 저리 가요!"

무엇을 잘못한 줄도 모르면서, 어찌하다보니 나는 할머니에게 죄를 빌고 있었다.

"아이고, 정가 할머니! 왜 그리 험악하게 돌아가시었소? 아무리 객사를 해서 원한이 사무쳐도 그렇지 여기 다시 오면 어찌 쓰요? 불쌍한 자손에게 복은 주지 못 할망정 해코지를 해서야 쓰건디요? 이 꼬마 애기씨는 안 됩니다. 예, 예, 그저, 여기 놓인 제사밥, 잡수시고 노여움 푸소! 예, 예. 훠어히 훠어히! 이제 그만 어서, 어서, 가소. 훠어이."

한 차례의 소동이 끝난 후에 나는 녹초가 되어 한쪽에 눕혀졌다. 그 후로도 후손이 받들어 주지 않아 구천을 헤맨다는 증조 외할머니와 무슨 무슨 어르신들이 순차적으로 들고나가는 무당의 일인극이 한없이 펼쳐졌다. 오빠들은 그날도 내 눈에 띄지 않았다. 웬만하면 나를 위해 한번쯤 나서줄 법 하건 만도 끝내 나타나지 않았다. 언니가 있었다면, 절대로 있을 수 없는 일이었다. 언니는 언제 어디에서든 나를 위해 몸을 사리는 법이 없었다.

아까부터 그렇게 찾아도 보이지 않던 아버지가 어느 틈에 내게로 다가와 살며시 나를 품에 안았다. 그제서야 막혔던 숨통이 터지는 것 같았다. 나도 몰래 눈물이 볼을 타고 주루룩

흘러내렸다.

외가 쪽으로 사 대째 가업을 받지 않아 대노한 조상신령. 궁궐에 드나들던 당대 최고 큰 무당신령이 호시탐탐 엄마, 이모들에 이어 언니를 노리다가, 그도 안 되자 급기야 내게까지 손을 내밀고 있다고 했다.

"그러게 한 사람이라도 나서서 신을 받으면 되련만 왜 그렇게들 마다하는지, 그러니 몸은 몸대로 아프고, 온 집안에 우환이 끊일 날이 없지……. 내 몸 던져 만인을 살리라는 신령님 말씀 받잡으면, 너 좋고, 나 좋고, 식구들 다 무탈할 거구만……."

지난번 동네 큰 만신의 말에 아버지가 서둘러 언니를 서울의 먼 친척에게 입양보낸 지 두 달도 채 되지 않은 시점이었다.

아버지의 얼굴에 노기가 서렸다. 갑자기 아버지가 무당의 멱살을 잡았다. 박수무당이 쫓아와 아버지를 무당에게서 떼놓았다. 순식간에 굿은 난장판이 되었다.

"더는 안 돼! 더는 휘둘리지 않겠어! 옥아, 에구 불쌍한 우리 막내!"

아직도 놀라움에 떨고 있는 내 앞에서 아버지는 더이상, 그들의 말에 휘둘리지 않겠다고 맹세했다. 이미 언니까지 멀리

보낸 아버지는 더는 자식을 잃고 싶지 않았을 것이다.

결국 아버지는 하나님을 믿어야만 우리 식구가 구원 받는다고 수 년 동안 설득한 박 신부를 선택했다.

다음 주부터 우리 식구는 읍내에 있는 성당에 다니기 시작했다.

3.

"이 집이 미아골 제일의 산꾼 집, 맞습니까?"

아침결에 손님들이 찾아왔다. 아버지에게 산의 안내를 부탁하는 사냥꾼들이었다. 이들은 내 눈으로 보기에 이때껏 내가 흔히 보아온 사냥꾼들과는 달랐다. 그중에 체크무늬 모자에 까만 가죽점퍼, 목이 긴 가죽 구두를 신고 있는 한 사내가 눈에 띄었다. 그는 이곳 사람들과 달리 얼굴색이 유난히 하얗고 귀티가 잘잘 흘렀다. 그가 아버지에게 옛날엔 이곳에 호랑이가 살았다 하던데 혹시 본 적이 있냐고 물었다.

"다, 옛날이야깁죠."

아버지는 우리에겐 전혀 새로울 것이 없는 이야기 — 새벽 잠결, 마루턱 밑에서 누워있던 호랑이의 등을 밟고 화장실에 갔던 아버지의 소싯적 체험담을 들려주었다. 사냥꾼들은 감탄사를 연발하고 과연 인근에서 소문이 날만 하다면서 다시 한 번 아버지를 추켜세웠다. 그의 칭찬에 기분이 좋아진 아버지는 서둘러 채비를 마친 후, 대여섯이나 되는 사냥꾼들을 이끌고 집을 나섰다. 그들이 떠나고 나자 한동안 소란하던 집안이 일순간 정적이 감돌았다.

까아악! 깍! 까마귀가 그악스럽게 울어대고 바람이 스산하게 불어 댔다. 바람이 불 때마다 가지 위에 쌓인 눈이 바람에 흩날려 날아다녔다. 곧이라도 눈이 올 것 같았다.

나는 방에 엎드려 얼마 전 성당에서 빌려온 명작소설 '제인 에어'의 삼매경에 빠졌다. 주인공 제인 에어는 커다란 트렁크를 들고 손 필드의 대저택에 찾아온다. 그 집에 가정교사직을 수행하기 위해서이다. 주인인 로체스터는 장기간의 여행으로 집을 비웠고 그의 먼 친척인 한 부인이 그녀를 맞는다. 잠시 후 그녀는 그 집사의 도움으로 자신이 살게 될 방으로 안내된다. 집은 너무나 크고 아름답고 방은 또한 아기자기하게 꾸며져 있다. 그녀는 난생처음 제 방을 갖게 된 기쁨에 어쩔 줄 모른다. 그때까지 나 또한 내 방을 가져본 적이 없다. 나도 그 기분이 어떤 건지 짐작을 할 수 있다. 나에게도 방이 하나 생긴다면, 얼마나 좋을까······.

"탕! 탕! 타앙!"

뒷산 쪽에서 총소리가 울렸다. 그 소리가 어찌나 유난한지 바로 우리 집 뒷마당에서 들려오는 것 같이 가깝게 느껴졌다.

"탕! 탕! 타앙!"

한 번 더 메아리로 되돌아온 총소리.

나도 모르게 깜짝 놀라 읽던 책에서 눈을 뗐다. 그와 동시에 안방에 있던 엄마가 후다닥 마당으로 뛰어나갔다. 한동안 어쩔 줄 모르던 엄마는 곧 다급하게 미아골을 향해 두 손을 비비며 머리를 조아렸다.

"제발, 제발, 우리 주인 양반은 다치게 하지 말아 주세유. 우리 주인은 아무 죄도 없어유, 그저 불쌍한 저를 거둔 죄 밖에 없단 말여유. 제에 바알요, 계명성님! 제가, 제가, 신령님의 뜻을 따르겠어유. 원하시는 대로 다 하겠어유, 제발 살려주세유. 제가 신을 받으면 되잖유, 제가 신의 딸이 될게유. 예?"

엄마는 안절부절 못하고 장독대와 안마당을 서성거렸다.

얼마의 시간이 흘렀을까. 얼굴이 피범벅이 된 아버지가 사냥꾼들의 부축을 받으며 집으로 들어섰다. 누군가의 옷으로 머리를 둘둘 말았지만 아버지의 눈에서는 연신 피가 흘러 내렸다. 아버지를 보자마자 엄마는 그만 혼절해버렸다. 그들의 도움으로 오빠와 나는 간신히 아버지와 엄마를 안방에 나란히 눕혔다.

큰오빠가 읍내에서 의원을 모셔왔다. 의원의 말대로 아버지는 밤새 열이 펄펄 났다. 밤새도록 엄마는 아버지의 이마에 찬 수건을 바꿔 놓느라고 한숨도 눈을 붙이지 못하는 것 같았다. 잠결에 오빠와 엄마가 나누는 이야기를 들었다.

"엄니, 저러다가 아버지가 눈이 멀면 어째?"

"내가 뭔 수를 쓰던지 그렇게는 안 되게 할 겨!"

매일 새벽, 장독대에 올라 있던 정한수와 때도 없이 타고 있는 초를 보았다. 엄마의 간절한 기구는 그 후로 오랫동안 계속 되었지만 아버지의 병환은 차도가 없었다. 마침내 열흘이 되던 날, 왕진 온 의원에 의해 아버지의 운명은 결정 되었다.

"마음 단단히 먹어유, 이제 남은 생은 외눈으로 살 수밖에 없겠슈."

열하루가 되던 날, 아버지는 자리를 툴툴 털고 일어나 밥 한 사발을 말끔히 비웠다. 아버지의 오른 쪽 눈이 있던 자리는 심하게 함몰되어 마주 보기 힘이 들 정도로 흉하게 일그러졌다. 그 모습이 너무 낯설고 무서워서 아버지와 눈을 마주치기가 겁이 났다.

식사를 마친 아버지는 옷을 챙겨 입고 D시로 향했다. 엄마가 작은오빠를 시켜 아버지를 잘 보필하라고 일러 보냈다. 오빠에 의하면 아버지는 한달음에 사냥꾼 우두머리를 찾아갔다. 동네에서 이름 석 자를 대니 다들 친절하게 그의 집을 알려주었다. 마당 한켠에 그녀가 매어져 있고 정원에는 색색의 장미가 피어 있는 호화로운 대저택이었다고 했다.

아버지는 그와 세 시간에 걸쳐 맞짱을 떴다.

"아버지, 참 대단하시더라. 상대방이 아무리 뭐라 해도 그냥 눈 딱 감고 버티시는 거야. 댁은 황금 같은 눈, 잃어 봤수? 난 당신이 쏜 오발탄에 이렇게 한 눈을 잃었수다. 내 손에 딸린 식구가 다섯이요. 열에 들뜬 채 열흘을 생각해봐도 도통 모르겠습디다. 내 새끼들, 어떻게든 교육시키고 결혼시켜야 하는데, 이 눈으로 무엇을 어떻게 해낼 수 있을지……. 그러니 댁이 책임져야겠수다!"

오빠의 눈에는 아버지에 대한 존경심이 가득했다. 결국 아버지는 그에게서 잃어버린 눈의 보상금을 받아냈다.

큰돈이 생긴 아버지는 읍내에 떡 방앗간과 그에 딸린 살림집을 구했다. 그리고 어디선가 색안경을 장만하여 쓰고 다니기 시작했다. 아버지도 사람들이 슬금슬금 아버지를 피한다는 사실을 알게 된 것이다. 비로소 나도 아버지를 떳떳하게 마주보며 대화할 수 있게 되었다.

생각했던 것보다 한쪽 눈을 잃은 아버지에게는 할 수 없는 일이 많이 생겼다. 어렸을 때부터 익혔기에 눈 감고도 할 줄 안다고 믿었던 방아를 찧는 일조차도 실수를 연발했다. 엄마가 나서지 않으면 안 되는 일이 늘었다. 이미 마음준비를 하고 있었는지 오히려 엄마는 씩씩해졌다. 매일매일 규칙적인 노동과 긴장감이 엄마에게 활기를 준 것 같았다. 이웃 사람들이 우리집을 '방앗간집', 나를 '방앗간 집 막내딸'이라고 불러주는 것이 무엇보다 듣기 좋았다. 지긋지긋하게 내 뒷목을 끌어당기던 '신병 들린 여자의 딸'이라는 부끄러운 이름에서 벗어나게 된 것이다.

아버지 손에 이끌려서 마지못해 성당에 가던 엄마는 미사가 진행되는 동안 자꾸만 정신을 잃었다. 보다 못한 신부님이 엄마에게 귀신을 쫓는 의식을 행했지만, 무슨 이유인지 번번이 실패했다. 마침내 아버지는 엄마와 함께 성당에 가는 것을 포기하는 대신 우리들에게는 엄격하게 천주교 신자로서의 역할을 요구했다. 아버지는 그 길만이 우리들을 지킬 보루라고 믿는 눈치였다. 우리들은 교회의 행사에 적극적으로 참여하며 짧은 시간에 신심 깊은 아이들과 교류하기 시작했고, 오빠들은 차례대로 신부님의 복사직을 수행하여 아버지를 안심시켰다.

방앗간 문을 열기 전, 아버지도 새벽 미사에 다녀오는 날이 잦아졌다. 그렇다고 해서 아버지에게 신앙심이 생겼다고는 보지 않는다. 주기도문은 간신히 외웠지만 사도신경에 이르면 아버지의 입은 꿀 먹은 벙어리가 되었다. 아버지에겐 그저 기댈 든든한 언덕이 필요했을 것이다.

읍내 성당에는 사목회장 등 대표 격인 지역유지가 서넛이 있었는데, 그들은 아들딸 구별 하지 않고 자제들을 일찌감치 서울로 유학을 보냈다. 그들을 지켜보면서 아버지는 자녀교육에 대해 눈을 뜨기 시작했던 것 같다. 어릴 적부터 이름 모를 병에 걸려 병치레를 한 탓에 또래보다 왜소한 체격인 큰오빠가 공부를 곧잘 하는 것도 아버지의 욕심을 부추겼다.

오래지 않아 큰오빠가 서울에 있는 대학에 합격했다. 아버지는 친척집에 보냈던 언니를 불러들여 서울살림을 맡겼다. 곧 시골에 남아있던 작은오빠도 때가 되어 서울로 올려 보냈으나 아버지는 막내인 나만큼은 한사코 곁에 두려 했다. 덕분에 나는 아버지의 사랑을 독차지할 수 있었지만 그만큼 떠나고 싶은 열망이 커져만 갔다.

어느 날 아버지와 내 진학을 두고 한 바탕 언쟁을 벌였다.

과년한 딸애를 서울로 보낼 수 없다는 아버지의 단호함에 나는 그간 가졌던 서운함을 드러냈다. 서울엔 언니도 있고 오빠가 둘씩이나 있는데 그건 되지도 않은 억지로 여겨졌다. 내가 따로 독립한다면 모를까 언니와 오빠들이 있는 집으로 내가 들어가면 그만일 터, 그게 뭐 그리 문제가 되는가 싶었다. 가정형편이 생각보다 그리 녹록치 않다고 아버지가 솔직하게 말을 해 주었다면 내가 그렇게 반항을 했을까? 변변찮은 방앗간 수입으로 서울유학은 애당초 큰오빠 하나도 벅차다는 사실을 내가 미리 좀 알았다면 어땠을까.

하필이면 바로 다음날 자전거로 배달을 하던 아버지가 쓰러졌다. 며칠이면 툴툴 털고 일어설 줄 알았던 아버지는 시간이 지나도 회복될 기미가 보이지 않았다. 나와의 언쟁으로 그리 된 것 같아 나는 한동안 아버지 앞에 나설 수가 없었.

당장 두 분이 해나가던 방앗간이 문제였다. 이웃 어른들의 도움으로 급한 일들을 해결해 나갔지만, 곧 그마저도 어렵게 되었다. 작은 오빠가 휴학을 하고 내려왔으나 상황은 나아지지 않았다. 그 와중에 작은오빠의 오른 손이 정미기의 피대줄에 딸려 들어가는 사고가 생겼다. 엄마는 오빠를 데리고 서울에 있는 종합병원의 응급실로 달려갔으나 오빠는 끝내 오른손을 잃었다.

그 병원에서 아버지 또한 일반인에 비해 혈소판의 수치가 현저하게 낮다는 것을 알아냈다. 그래서 그렇게 멍이 자주 들고 한번 생긴 멍은 오래 간다는 것도. 겉만 멀쩡했지 아버지의 속은 이미 만신창이였다. 의사는 그때까지 살아있었던 것이 기적이라고 했다. 아버지는 그렇게 몇 년을 투병하다가 세상을 떠났다. 아버지와 작은오빠의 치료비로 우리 식구의 꿈이었던 방앗간이 날라 간 후였다.

엄마는 넋이 반쯤은 나간 사람처럼 우두머니 빈소를 지키더니, 아버지를 산소에 묻고 나서는 아예 몸져 누웠다. 그 모든 것이 엄마 탓이라고 생각하는 것 같았지만, 나야 말로 내 탓인 것만 같아 소리 내어 울 수도 없었.

엄마의 가출이 다시 시작된 건 그 무렵이었다. 툭하면 아버지 산소에 앉아 있던 엄마는 차츰차츰 더 멀리멀리 나가 몇날 며칠을 돌아오지 않았다. 참다못한 우리는 T시에 직장을 잡은 큰오빠의 의견대로 그곳에 있는 정신병원에 엄마를 데려갔다. 그곳에서 장기간 입원을 하여 치료를 받고 지속적으로 처방약을 받아오면서 그런대로 엄마는 보통 사람처럼 지낼 수 있게 되었다.

4.

〈성서 40주간〉에 등록하여 성경공부를 시작한지 꽤 여러 달이 되었지만 그동안 열심을 내지 못했다. 그저 성경전체를 제대로 한번 읽어 볼 생각으로 책상 한쪽에 성경을 놓고 조금씩 읽어나갈 뿐이었다. 좀처럼 마음이 잡히지 않아서 엄마를 위하여 묵주신경을 바친 후, 기획안에 따라 이사야서 14장을 읽어 내려가다가 12절에 이르러서 갑자기 놀라운 구절을 만났다.

계명성! 너 아침의 계명성이여 어찌 그리 하늘에서 떨어
졌으며 너 열국을 엎은 자여 어찌 그리 땅에 찍혔는고

헉! 나도 모르게 숨이 막혔다. 엄마에게 이상 징후가 보이는 날이면 여지없이 등장하던 계명성. 순간적으로 가슴에 엄청난 통증이 왔다.

네가 네 마음에 이르기를 내가 하늘에 올라 하나님의
뭇별 위에 나의 보좌를 높이리라/ 내가 북극 집회의 산 위
에 좌정하리라/ 가장 높은 구름에 올라 지극히 높은 자와

비기리라 하도다/ 그러나 이제 네가 음부 곧 구덩이의 맨 밑에 빠치우리로다

 엄마를 그렇게나 힘들게 했던 것이 그럼 성경에 기록되어 있는 바로 이 계명성인 걸까? 그런데 성경에는 왜 이리도 험하게 표현이 되어 있을까? 원래는 하나님 곁에서 그를 돕던 천사장으로 하나님과 같아지려는 욕심을 부리다가 발각되어 밑바닥에 떨어지고 말았다는 별이라는데…….
 나는 인터넷 사전에 '계명성'을 입력해 보았다.

> 가나안 신화에 등장하는 표현으로, 일차적으로는 이사야 선지자 당시 국제 질서에 큰 영향을 행사하면서 자기를 지존자로 여긴 교만한 바벨론(통치자)을, 궁극적으로는 그 배후에 큰 질서를 행사하면서 하나님을 대적하는 사탄을 가르킨다. 가나안 신화에서 '아침 신의 아들'을 계명성' 곧 '샛별(금성)'이라고 한다. 샛별은 새벽하늘에서 두드러지게 빛나고 아름답지만 아침이 되면 곧 사라진다.

이번엔 '금성'을 검색해 보았다.

해질녘에 보이는 금성을 '개밥바라기'라고 한 것처럼, 금성이 새벽하늘에 보일 때는 '샛별'이라고 부른다. 이 밖에도 금성을 '명성', '계명성'이라고도 하며 평안북도에서는 '모제기'라고도 부른다. 금성은 일상적인 삶과 밀접하게 관련되어 있어 어두울 때에 그 밝은 빛은 사람들에게 방향을 제시하는 길잡이가 되었다.

어두울 때에 밝은 빛을 비추어 길잡이가 되는 별. 그제서야 뭔가 조금 감이 잡히는 것 같았다.

작은오빠로부터 엄마를 찾았다는 연락을 받았다. 엄마가 실종된지 거의 일주일만의 일이었다. 놀랍게도 이모의 예지몽대로 엄마는 나랑 같이 갔던 동해의 한 바닷가에서 발견되었다고했다. 몸에 아무것도 지니고 있지 않은 탓에 엄마는 무연고자로 분류되어 그간 그곳의 한 노인 요양병원에서 보호하고 있었던 것이다. 그 먼 곳까지 빈 몸으로 엄마는 어떻게 갔을까?

의사는 엄마에게 알츠하이머라는 진단이 내려졌다며, 그동안 수년에 걸쳐 여러 증세를 보였을 텐데 모르고 있었느냐고 묻더란다. 여태까지의 모든 증상을 그저 신병으로만 알고 있었던 우리는 엄마가 치매가 걸렸으리라고는 그 누구도 생각을 못했다.

대부분의 치매환자들이 자기 자식들은 알아본다는데, 엄마는 찾아간 오빠들을 마치 모르는 사람 대하듯 냉랭하게 대하며 아예 눈길 한 번 주지 않았단다.

그나마 다행인 것은 그곳에서 엄마는 일명 '예쁜 치매 환자군'에 분류되어 간병 요양사를 힘들게 하는 일이 없이, 아직은 자기 일은 자기 스스로 해결할 정도의 인지능력은 충분하다는 점이었다. 의사는 엄마를 의료진과 환자 친구들에게 이따금씩 웃음을 선사하는 참 유쾌하고, 특이한 환자라고 덧붙였다고 했다.

"엄마는 행복해 보였어. 네가 한 번 가 보렴. 엄마의 기억 속에 우리는 없어도 설마 막내, 네가 없겠니?"

마침내 용기를 내어 엄마가 있다는 노인요양병원을 찾았다. 병원은 동해가 한눈에 내려다보이는 전망이 기가 막힌 숲속에 자리하고 있었다. 호텔이나 리조트로도 전혀 손색이 없는 위치에 요양병원이 지어졌다는 것이 놀라울 정도였다. 담당자를 찾아 면회서류를 적어 건네주자 곧 그는 나를 휴게실로 안내했다. 통유리 창을 통해 바라다 보이는 바다는 한 폭의 그림 같았다. 엄마가 이곳에 계신다니 비로소 마음이 놓였다.

함께 갔던 바다가 저기 어디쯤일까. 일직선으로 바라보이는 빨간 등대 밑에서 한참을 서성거린 기억이 났다. 아무리 바라보아도 질리지 않은 풍광이었다. 갑자기 뒤쪽에서 왁자한 웃음소리가 들려왔다. 환자복을 입은 할머니 대여섯이 무엇이 그리 재미있는지 박장대소하는 중이었다. 나도 모르게 그쪽으로 옮겨가기 위해 걸음을 떼는 어느 순간에 그 중의 한 사람과 눈이 딱 마주쳤다. 엄마였다. 그런데 웬일일까. 엄마는 나의 눈을 대수롭지 않게 비켜 나가 내 뒤에 지나가는 간호사에게 눈을 맞췄다. 어쩌면 저리도 반가울까? 엄마가 함박웃음으로 그녀를 반겼다. 세상에서 가장 사랑스러운 사람을 대하는 눈빛이었다. 나에게는 단 한 번도 보낸 적이 없는 저 눈빛. 순간적으로 나는 머쓱해졌다. 정말 엄마가 나를 못 알아본 걸까? 나를 알아채게 할 요량으로 되도록이면 천천히 엄마 쪽으로 다가섰다. 그때 엄마가 생전 처음 보는 낯선 얼굴 표정과 얄궂은 목소리로 입을 열었다.

"경자년 시월 이십일 생 김가 당주님. 에고 불쌍해라. 일찌감치 조실부모하고, 큰집에서 온갖 궂은 일 다 하고 살았고마는. 그 섧고도 서러운 세월, 어찌 말로 다 할꼬. 서럽고, 불쌍해서 내가 더는 못 보겠다. 부모 복 없는 것도 서러운데, 남편 복도 없고. 뿐인가, 자식 복도 지지리 없고만. 낳기는 오라지게 많이도 낳았다마는, 전부 다 제 잘난 맛에 사네 그려. 에고, 에고 어찌 살았을꼬. 세상 짐 다 홀로 짊어지고 어찌 살았을꼬?"

엄마의 입에서 쏟아져 나온 신점풀이에 놀란 나는 그만 그 자리에 주저앉았다.

"그래도 큰 애 낳을 때 까정 한 삼 년은 행복혔어, 서방이 그 집 장손이었거덩. 큰 손주가 나오는 줄 알고 시어른이 그래도 그 때 꺼정은 대우를 해 주더만. 아들이라도 한방에 낳았으면 좋았으련만 워쩌겄어, 낳는 족족 조개여, 조갑지. 다섯째로 간신히 아들을 낳을 때까지 내처 그랬다니까. 내가 받은 구박은 말로 다 못 혀! 책으로 쓰면 아무래도 10권은 될 걸, 아마."

당주라고 불린 김씨 할머니의 대답에 또 한 번 좌중의 웃음이 터졌다.

거의 모든 기억을 송두리째 잃어버린 지금이 오히려 엄마에겐 최상의 시간은 아닐까. 불쑥 나타나서 가까스레 찾아낸 엄마의 잔잔한 일상을 깨는 것. 그건 딸로서도, 인간으로서도, 절대로 해서는 안 될 무례한 짓이다. 나를 알아보지 못하면 어떤가. 엄마만 행복하다면 나 또한 잊혀져도 무방하다. 지금은 그저 잠시 신점 보는 시간일 뿐이다.

난 이야기

Mapping collage 2020, 16x20 inch

내 고향 아버님 산소 옆에서 캐어온 난초에는 / 내 장래를 반도 안심 못하고 숨 거두신 아버님의/ 반도 채 못 감긴 두 눈이 들어있다. / 내 이 난초 보며 으시시한 이 황혼을 / 반도 안심 못하는 자식들 앞일 생각다가 / 또 반도 눈 안 감기어 멀룩멀룩 눈감으면 / 내 자식들도 이 난초에서 그런 나를 볼 것인가.

　아니, 내 못 보았고, 또 못 볼 것이지만 / 이 난초에는 그런 내 할아버지와 증조할아버지의 눈, / 또 내 아들과 손자 증손자들의 눈도 / 그렇게 들어 있는 것이고, 또 들어 있을 것인가.

— 서정주, 「고향난초」 전문

오늘도 바람소리가 참 대단하다.

베란다를 통해 들어온 바람이 제 갈길을 찾지 못해 창틀을 흔들어 대며 수선이다. 참다못해 나는 거실로 향하는 문을 조금 열었다. 그제서야 배고픈 짐승처럼 거칠게 울어대는 바람소리가 잦아들었다.

언제부터인가 남편은 난에 미쳐있다. 새벽 뉴스에서 들은 호우주의보 때문에 나는 마음이 뒤숭숭하건만 아랑곳없이 남편은 배낭을 챙기고 있다.

허긴 이번 여름에만 해도 호우주의보가 어디 한두 번만 났는가. 그때마다 남편이 난채취 산행을 포기했다면 지금 그가 저 정도의 난을 보유할 수는 없었을 것이다. 내가 보기에도 좋은 난채취는 이상하리만치 악조건에서 이루어진다.

나는 오늘만큼은 그가 집에 있어줬으면 싶다. 결혼한 지 이십 년이나 가까워오는 처지에, 남편의 손길이 그립다거나 하는 감상 때문이 아니다. 아무리 해도 어제 저녁 꿈이 예사롭지 않아서이다. 전국이 꽁꽁 얼어붙어 있던 작년 겨울에도 남편은 폭설주의보가 내린 지리산으로 2박 3일 난채취 여행을 떠났다. 그때는 단순히 여러 정황으로 미루어 불안감 때문에 여행을 말렸던 것이지 다른 이유는 없었다. 그러나 나의 기우에도 불구하고 그 며칠 후, 남편은 눈밭 속에서 놀랍게도 설백

복륜雪白覆輪을 채취해 들고 싱글벙글하며 돌아왔다. 잎의 가장자리에 하얀 색으로 띠를 두른 복륜은, 난에 대해 별 지식이 없는 내 눈에도 한눈에 명품 임을 알아볼 수 있을 정도로 기품이 있었다. 입소문이란 참 대단한 것이어서 그 난이 우리 집에 들어온 이후 한 달여를, 구경 온 손님을 치르느라고 나는 때아니게 혼이 났다.

 이번에도 나의 제지를 그런 종류의 불안감으로 오해한 남편은, 배낭을 챙기면서 아예 내놓고 기대감을 표시한다. 영험한 꿈을 꾸는 아내를 둔 자기는 정말 행운이라나 뭐라나, 은근슬쩍 나를 추어주면서.

 세상에 난이 저렇게도 좋을까. 저 폭우 속을 세 시간이 넘게 버스로 달려가는 것도 부족해서, 이 여름날 방수로 만든 우비를 입고 온 산을 헤매는 일이 저렇게도 신이 나는 걸까? 비 오는 날에 버스라도 탈라치면 버스 속에서 어김없이 맡아지는 이상야릇한 비린 냄새와, 착착 달라붙는 옷감의 불쾌한 감촉 때문에 나는 되도록 외출을 삼간다. 그런 내 입장에서 볼 때 남편의 우중산행은 흡사 고행과 다를 바 없건만 그의 태도는 언제나 똑같이 열애에 들떠 연인이라도 만나러 가는 사람만 같다. 그쯤 되면 나에겐 더 이상의 전의가 없어진다. 꿈에서처럼 행여 그에게 나쁜 일이 생긴다 한들, 자기가 좋아 자처한 일이니 낸들 어쩐담.

 아무리 그렇긴 해도 도시락을 챙기는 나의 손은 그다지 즐겁지 않다. 남들은 다 쉬는 일요일 아침조차 꼭두새벽부터 일어나 도시락을 싸야 하는 이 내 신세, 라는 한탄마저 절로 나온다. 세월이 좋아 세상의 모든 엄마들이 도시락 싸기에서 해방이 된지 오래이건만, 나는 웬일인지 대학생과 고등학생인 두 아이의 도시락을 싸는 것도 부족해서 주말과 공휴일조차 도시락을 싸는 일에서 해방될 길이 없다. 식구들의 한결같은 말이야 어떤 음식을 먹어도 내가 싸주는 도시락 맛과는 비교 자체가 안 된다든가. 허긴 어떤 음식인들 집에서 해주는 정성이 담긴 음식 맛만 하랴. 내가 별 불평 없이 아이들과 남편의 도시락을 싸는 이유 또한 그래서이다. 그렇긴 해도 오늘 아침은 영 마음이 내키지 않는다.

 나는 마침내 내 불편한 마음의 근원을 알아냈다. 이번 산행은 남편이 늘 애용하는 12인승 승합차 대신, 남편의 승용차를 이용하기로 했다는 소식을 뒤늦게 들은 까닭이다. 그것도 남편이 총무로 있는 애란회의 회원 세 사람이 동행인데 오늘의 운전사는 바로 다름 아닌 남편이란다. 난채취 전문 승합차를 이용하여 주말마다 취미활동을 하면서부터 남편은, 왕복 네 시간 이상을 차 속에서 푹 쉴 수 있는 것에 대만족을 하고 있는 참이었다. 그런데 오늘은 다른 날도 아니고 호우주의보가 내려, 나라 곳곳이 물에 잠겨있는 우울한 일요일이다. 운전을 노역으로 여겨서 가족 간의 나들이조차 언제 해 보았나 기억도 아리송한 마당에, 그것도 그렇게도 끔찍이 싫어하는 우중에, 장거리 운전을 한다면서도 저렇게 즐거워하고 있는 남편의 활기 넘치는 모습이라니……. 이것은 딸애의 표현을 빌리지 않아도 완전히 나에게 '배신을 때리고 있는 것'이 아니고 무엇인가 말이다.

한낮. 우비를 챙기는 등 만반의 준비를 해갔던 남편으로부터 전화가 왔다.
"여긴 비 뚝! 햇볕 쨍쨍이야! 거긴 아직도 비 와?"
"좋으시겠네요."
내 대답이 곱게 나갈 리 없다. 그러나 남편 역시 그렇게 만만한 사람이 아니다.
"난실 선풍기 잘 돌아가지? 30분마다 가다 서다 자연풍이어야 한다고. 알지? 당신이 신경을 많이 써줘서 그래도 올 여름, 우리 난들이 상태가 아주 좋~잖~아."
이쯤 되면 나는 또 괜스레 나도 모르게 마음이 풀어져서 하지 말아야 될 말까지 해버린다.

"운전, 조심하세요."

"그러~엄."

수화기를 내려놓으려는데 친정아버지가 오셨다.

"아니 아버지, 이렇게 비가 많이 오는데 어떻게 오셨어요?"

"네가 보고 싶어서 왔지."

아버지의 대답에 나도 모르게 입가에 웃음이 번진다. 예전과 달리 아버지는 내게 이따금씩 이 같은 농을 다 걸어오신다. 십년 전 어머니를 잃은 아버지는 현재 이런저런 이유 때문에 큰언니가 모시고 있다. 언니 내외에게 갑자기 급한 볼일이 생겨 서울에 간다기에 혼자 있기 뭐해서 따라 나왔노라 하신다. 보통은 수요일마다 아버지는 우리 집에 오신다.

"박 서방은?"

"산에 갔어요."

"좋은 취미다. 그럼, 좋은 취미이지. 아버지가 지금 이렇게 건강한 것도 다 소싯적에 했던 등산 때문이 아니냐?"

아버지는 40년 이상을 거의 매일 아침 동네 산을 오르던 분이다. 그야말로 비가 오나 눈이 오나, 폭풍이 몰아치는 날에도 마다하지 않고 오로지 한마음 한뜻으로. 그러고 보니 장인과 사위가 어떠한 악조건에도 개의치 않고 산을 향하는 그 뜨거운 마음 하나만은 똑같이 닮았다. 산을 찾는 이유는 각자 다르다 해도, 그렇게도 다른 개성의 두 사람의 묘한 일치를 보면서 나는 조금 의아하기까지 하다.

아버지는 건강에 좋다면 웬만한 것은 다 실천에 옮겼던 분이다. 아침 등산에 이어 아버지가 두 번째로 행한 것은 바로 냉수 목욕. 기온이 급강하하여 계곡의 물이 얼면 그 물을 돌로 깨뜨린 후에라도 냉수 목욕을 하던 강인한 분. 최근에야 사람들에게 인기 높은 선식을 아버지는 벌써 오십 년 전부터 보조식품으로 애용해 왔다. 봄철이면 보약, 겨울철이면 사슴피. 늘 주머니에 가지고 다니며 상용하던 인삼전과에 이르기까지, 아버지의 건강에 대한 관심과 실행은 이루 열거할 수 없을 정도이다.

우리 가족에게 있어서 아버지는, 어머니를 비롯하여 우리 육 남매에게 군림하기 위한 존재였다. 육 남매의 막내인 내가 그렇게 느꼈다면 다른 형제들은 어땠을까? 다만 한 사람, 아버지에게 예외가 있었다면 그것은 큰오빠였다. 내게는 큰오빠에게로 향한 아버지의 맹목적이다 싶은 애정이 아직까지 참으로 풀기 어려운 수수께끼이다. 그것은 어머니도 마찬가지였다. 이상하게도 두 분은 늘 큰오빠를 싸고 돌았다. 그렇다고 다른 형제들에 비해 큰오빠가 전적으로 두 분의 기대에 미치는 인물이었느냐 하면 그렇지 않았다. 오히려 오빠는 문제

아에 가까웠다. 철들기 시작하면서 나는 집안이 언제나 큰오빠 때문에 시끄러웠던 것을 기억한다. 다른 형제들과 달리 이상하게도 큰오빠는 상급학교 진학에 번번이 실패했다. 웬만큼 자라서는 복잡한 여자 문제와 병역 문제로 식구들의 혼을 빼놓았다. 이후로 힘들게 감행한 결혼과 그 여파, 그리고 늘 흔들리곤 하던 사업체에 이르기까지……. 그는 단 한 번도 조용히 넘어간 적이 없었다. 그 오빠가 아버지의 마지막 보루인 집을 날리고도 모자라 지금 경제사범으로 감옥에 있다.

아버지가, 늘 어렵고 두렵기만 하던 그 아버지가 이제 그처럼 믿고 의지하던 큰오빠는 물론이고, 외국에 나가 있는 작은오빠에게도 기댈 수 없는 입장이 되어 어쩔 수 없이 큰언니에게 의지하고 있다. 딸네 집이어도 초대하기 전에는 절대로 찾아가는 법이 없던 아버지가 딸네 집에 얹혀 살게 된 것이다. 또한 이제 그 노인이 일주일에 한 번이나마 규칙적으로 우리집에도 다니러 오는 것이다. 예전에 비하면 대단한 진전이다. 어려서부터 아버지와 대화다운 대화를 나눈 기억이 없는 탓에 아직도 나는 아버지와의 대화가 서툴다. 그렇긴 해도 처음에 비하면 아버지와 나는 상당히 긴밀한 관계가 되었다. 이대로라면 오래지 않아 우리도 다른 다정한 부녀들의 흉내나마 낼 수 있을 것 같다. 최근에야 나는 오빠의 실패가 아니었으면 절대로 갖기 어려웠을 '아버지와 함께 하는 수요일'에 어떤 의미를 두게 되었다. 어쩌면 나도 '미치 앨봄'과 '모리 슈와츠 교수'처럼 의미 있는 수요일을 만들어 갈 수 있지 않을까?

"나는 난은 잘 모르겠더라. 다 그 난이 다 그 난 같아서…."

웬일로 아버지가 난에 관심을 다 보인다.

"자, 보세요. 아버지. 다 비슷하게 생겼어도 자세히 보면 다 달라요. 여기 이 난은 잎이 다른 것보다 유독 작고, 이 난은 이파리에 줄무늬가 있잖아요. 여긴 또 이파리 자체가 노랗고요, 이건 또 무늬가 뱀 같죠? 엄밀히 말하면 춘란 한 종류인데요, 다 각각의 생긴 모양대로 이름이 달라요."

"글쎄, 니가 그렇다니까 그런 것 같긴 하다만……. 어쨌든 좋은 취미다. 그럼, 좋은 취미이고말고."

다 저녁에 흙먼지와 땀에 절은, 흡사 패잔병과 다를 바 없는 모습으로 남편이 돌아왔다. 현관에 들어서던 그는 거실에 계신 아버지를 보고 흠칫 놀랐다. 아버지가 오는 수요일이 아니니 노인이 와 계시리라고는 전혀 예상치 못한 눈치였다. 간단한 인사가 오가기도 전에 현관 밖이 와자지껄하더니 한 무리의 남자들이 훅 땀 냄새를 풍기며 들어섰다. 하나같이 후줄근한 등산복 차림에 땀에 젖은 모습, 누가 보나 영락없는 패잔병이었다.

지난 번 고흥에서 남편이 캔 호피반虎皮斑의 품평회를 겸한 급작스런 회동인가 보았다. 파자마 바람에 거실에 앉아있던 아버지가 그들의 인사를 받는 둥 마는 둥 하더니 갑자기 큰애의 방으로 들어가셨다. 여든이 넘은 노인으로 보기에는 대단히 민첩한 행동이었다. 사위에게 당신의 파자마 차림을 보여 주기도 멋적은데, 그 친구들에게 그러한 당신 모습을 보여 주기가 민망하셨나, 나는 내 편한대로 그렇게 보아 넘겼다.

남편은 베란다에 마련된 난실蘭室로 들어가 언제나 하는 버릇대로 담소를 나누기 시작했다. 보나마나 그동안 정성 들여 키운 난들 중에 요즘 돋은 신아新芽의 변이, 그리고 얼마 전에 산채한 서호반曙虎斑이며 그동안 채취한 단엽短葉 등 관찰품에 대한 대토론으로 그들은 두세 시간은 족히 난실을 떠나지 않을 것이다.

손님들에게 간단한 음료수를 건네준 후, 나는 서둘러 부엌으로 들어갔다. 고등학교 3학년인 딸애를 독서실에 보내려면 서둘러야 할 시간이었다. 딸애와 아버지가 식사를 할 수 있도록 준비를 마친 후, 딸애에게 할아버지를 모셔오게 했다.

식탁에 나온 아버지는 언제 옷을 갈아입었는지 말짱한 정장차림이었다. 언제나 깔끔한 아버지인지라 손님 앞에 체면을 차리는 것으로 알고 역시 아버지답다고 생각하고 웃어넘겼다.

그러나 웬걸. 식사를 마친 아버지는 딸애가 독서실에 간다고 나서자 따라 일어났다.

"아니, 아버지. 어디 가시게요?"

내가 놀라자 아버지가 검지손가락을 세워 당신의 입을 막으며 나지막하게 속삭였다.

"쉿! 손님도 왔는데 나, 그만 갈란다."

"손님이야 금방 갈 텐데요, 뭐. 밤이 늦었는데 주무시고 가셔야지, 어딜 가시려고요. 큰언니도 지금 집에 없다면서요?"

"아무래도 불편해서 그만 가야겠어. 나, 간다."

"아버지, 이런 법이 어디에 있어요?"

"쉿, 더 말하지 마라. 나, 그만 가야겠어."

아버지는 날렵하게 몸을 날려 현관 쪽으로 갔다. 그리고 순식간에 내 눈앞에서 사라졌다. 너무 갑자기 일어난 일이어서 나는 어떻게 대응해야 하는 건지 갈피를 잡을 수가 없었다. 현관문을 열고 내다보니 아버지는 이미 경비 처소까지 내려가 있었다.

"아버지!"

소리쳐 불러 보았지만 아버지는 한 차례 손사래를 해 보이고는, 거의 하늘을 나는 것 같은 아버지 특유의 걸음걸이로 벌써 저만큼 가고 있었다.

베란다에서 난상 토론을 벌이는 줄 알았던 남편이 슬며시 내게로 다가왔다.

"장인 영감, 어디를 그렇게 급히 가시는 거야? 노인네가 막 날라 가시던데?"

"낸들 그걸 어떻게 알겠수? 당신 뭐, 아버지한테 섭섭하게 해드린 거 있어요? 갑자기 사위 눈치가 보였나, 우리 집이 불편하다면서 가시네요."

"원, 별소리 다 듣겠네."

허긴 아버지는 옛날부터 불편한 것을 못 견뎌 하셨다. 출장을 가거나, 잠시 친척 집에 다니러 가서조차 어딘가가 편치 않다고 여겨지면 그 즉시 짐을 싸들고 되돌아와서 여러 사람들을 놀라게 하곤 했다. 그러나 그것은 다 옛 일이다. 요즈음의 아버지는 단지 불편해서 야밤에 딸네 집을 나설 분은 아니다. 이제 아버지도 얼마간은 우리들의 눈치를 보기도 하는 것이다. 더군다나 큰언니는 집을 비우고, 서울로 출타 중이다.

시간이 지날수록 점점 더 나는 아버지가 야속했다. 도대체가 왜 아버지는 야밤에 우리 집을 떠났으며 대체 이 밤에 어디로 가신 것일까? 남편이 친구들을 데리고 집안으로 들어서자 순간적으로 경직되던 아버지의 표정이 떠올랐다.

"아버님, 친구들이 왔거든요. 큰애 방에 잠깐 들어가 계실래요?"

남편의 말에 잘 다녀왔나, 웃으며 반기던 아버지의 표정에 금세 웃음기가 걷혀졌다. 곧 아버지는 민첩한 동작으로 큰애의 방으로 들어갔다. 정말 내가 보기에도 그때의 아버지는 여든이나 잡순 노인이 아니었다.

노인네가 큰언니 집에 도착했을 만한 시간까지 기다렸다가 전화를 넣어보았으나 아버지는 전화를 받지 않았다. 노인이 갈만한 곳을 떠올리며 이리저리 전화를 넣어 보았다. 아버지는 그 어느 곳에도 없었다. 시간이 지나도 아버지의 행방을 알 수 없자 나는 차츰 이성을 잃어갔다. 그동안 거의 맹목적이기까지 한 남편의 난사랑 때문에 섭섭했던 마음까지 보태져서 나는 그만 수습하기 어려운 지경에 이르렀다. 그런 나의 기분은 아랑곳없이 거실 한 귀퉁이에서 휴대용 가스렌지를 켜놓고, 오늘 캐온 난을 심을 화분을 소독하느라 여념이 없는 남편이 그렇게 미울 수가 없었다.

마침내 나는 남편에게 암팡지게 해 부쳤다. 집안에 편히 계시던 아버지가 느닷없이 밖으로 나간 이유는 당신의 그 잘난

난 친구 덕분이 아니고 뭐냐? 허구한 날 만나는 사람들이니 양해를 구하고 문 앞에서 돌려보내야 마땅했다. 모처럼 오신 분을 큰애 방으로 쫓아낸 것은 누가 봐도 불효막심한 처사이다. 오죽 불편했으면 노인네가 이 야심한 밤에 쫓기듯 가셨겠느냐? 더더구나 큰언니는 지금 대전에 없다. 만에 하나 아버지에게 무슨 일이 생기면 그건 전적으로 당신 책임이다.

　남편도 그저 당하고 말 사람이 아니었다. 남편은 아버님이 이상하지 내가 뭘 어쨌다는 거냐고 반문했다. 노인네가 불편하실까 봐 안으로 들어가시라고 했을 뿐인데 그게 그리 불효막심한 거냐? 보통 때라면 모르되 산채를 하고 오느라 땅꾼이나 다를 바 없는 친구들을 아버님께 소개하기는 좀 그랬다. 보통 까다로운 양반이냐? 그런 마음으로 아버지를 잠깐 들어가시라 했지 다른 마음은 없었다. 그리고 설령 또 무엇이 어쨌든 노인네가 좀 섭섭했다 치자. 그래, 그렇다고 딸이 걱정할 줄 뻔히 알면서 아무런 설명도 없이 집을 나가는 노인의 행동은 잘한 거냐? 나 역시도 지금 황당하다.

　이렇게 꿈땜을 하는 구나. 바로 이렇게!

　붉으락푸르락 핏대를 올리고 있는 남편의 얼굴을 멀거니 바라보고 있자니 어제 저녁에 꾸었던 꿈이 선연하게 떠올랐다. 언젠가 친구들과 풍광이 빼어나게 아름다운 섬 사량도에

간 적이 있었다. 배경은 한눈에 바로 아름다운 섬, 사량도였다. 최정상에 매달린 로프를 타야만 앞서간 일행과 합류할 수 있는데, 올려다볼수록 급경사인 정상이 아득하기만 해서 나는 도대체가 발이 떨어지지 않았다. 길은 오직 외길인데, 더 이상 길을 막고 있을 수가 없어서 생각하다 못해 나는 뒤에 있던 사람들을 한 명, 한 명 앞서 보냈다. 그러다 보니 일행들은 모두 정상에 오르고 나만 혼자 남았다. 이제 더는 지체할 수가 없다. 앞선 일행들은 어서 오라고 손짓을 하는데 자세히 보니 아는 얼굴이 하나도 없다. 가뜩이나 나아갈 길을 모르겠는데, 일행은 다 어디로 가고, 모르는 사람들이 나에게 손짓을 할까? 저 사람들은 대체 누구이며, 일행은 모두 다 어디로 간 것일까? 그때 느꼈던 그 섬뜩한 공포감이라니……. 되집어 생각해도 그 느낌이 고스란히 전달되어 온다.

그래, 꿈땜이라고 생각하자.

"너네 집에서 대체 무슨 일이 있었던 거야?"

다행히도 자정이 되기 전에 서울 둘째 언니에게서 전화가 왔다.

"나도 몰라. 저녁 잡수자마자 그냥 내빼셨어. 언니네 가셨으면 됐어. 얼마나 걱정을 했다고."

"옛말이 그른 게 하나 없어. 노인네, 나이 드시더니 자꾸만 어린애가 되나 봐. 왜 그리 서운한 게 많은지……. 다신 박서방 안 본단다. 아버지한테 인사도 안 한다나? 다른 사람이면 몰라도 박서방이 그럴 리가 있나요, 아버지가 잘못 보셨겠지요, 하니까 막 화를 내시네."

"알았어, 언니. 거기 계시면 다행이고."

말은 그렇게 하면서도 솔직히 섭섭했다. 그나마 간신히 회복되어가고 있는 아버지와의 관계가 다시 원점으로 돌아가고 있는 것만 같았다.

남편은 원래 상대방의 감정변화까지 세심하게 신경을 쓰는 사람이 아니다. 남편이 무심코 던진 한마디 말에 쉽게 상처 입는 나에 비하면, 그는 웬만해서 나의 어떤 대꾸에도 눈 하나 깜짝 안 한다. 나는 그것이 남편이 나에 대한 애정이 없는 까닭이라고 단정하고는 울적했던 적이 있다. 하지만 그것은 바로 남편의 성격이라는 것을 알기까지 생각보다 많은 세월이 걸렸다.

그러한 것을 알 까닭이 없는 아버지로써는 마음에 깊은 상처를 입었을 지도 모른다. 평생 동안 가정의 중심이었던 아버지. 당신 앞에서 숨소리조차 마음대로 내지 못하고 살아온 식구들의 세월을 알 턱이 없는 아버지는, 최근에 유독 당신이 변방에 몰려있음을 느껴오다가 드디어 폭발지점에 다다른 것이다. 불행히도 그 도화선이 남편이었달 뿐.

연애시절부터 아버지는 남편을 싫어했다. 남들 눈에는 별다른 결격사항이 없는 신랑감임에도 불구하고, 아버지는 이상하게 그와의 결혼을 반대했다. 그 반대이유라는 것이 누가 보아도 어이가 없는 것이어서, 처음에 나는 아버지가 서투르나마 내게 장난을 치는 걸로 알았다.

나이에 비해 사람이 너무 조신하다. 또는 나이답지 않게 지나치게 깍듯하게 어른을 대한다. 사람냄새가 안 난다. 흡사 다른 나라에서 뚝 떨어져 온 별종만 같다.

육 남매를 다 연애결혼을 시킬 수밖에 없었던 아버지는 막내인 나에게 남다른 기대를 했던 건 아니었을까? 마지막으로 한번쯤 아버지 마음에 차는 신랑감을 좀 골라보고 싶었는지도 모르겠다. 두 양주 분께서 옷을 곱게 차려 입고 맞선장소에라도 나가는 호사를 누려보고 싶었는지도.

아무리 그렇더라도 아버지는 남편에게 지나쳤다. 일방적으로 우리 둘이 날을 잡고 결혼식을 올리겠다고 나설 때까지 아버지는 마음을 열지 않았다.

사람의 감정은 상대적인 것이어서 아버지에 대한 남편의 감

정도 좋을 리가 없었다. 둘의 중간에 끼어 샌드위치 신세인 나도 한동안 친정에 가는 것을 삼갔다.

어머니가 돌아가시고 나서는 가뜩이나 소원하던 아버지와 나는 더더욱 멀어졌다. 그럼에도 별다른 불편을 모르고 살아왔다. 최근에야 가까스로 남들이 보면 그럴듯한 부녀관계로 보일 만큼 관계가 회복되어 가는 중이었다.

애당초 아버지와 나와는 부녀간의 궁합이 안 맞는 게다. 나는 이제 그렇게 마음을 먹기로 했다. 부부가 궁합이 안 맞는 것보다 백 배 천 배 나은 일이고말고. 나는 그렇게 자위하기로 했다.

평상시 같으면 아버지의 방문을 받았을 수요일, 한낮. 아버지로부터 전화를 받았다. 내 목소리를 확인한 아버지는 다짜고짜 한껏 격앙된 목소리로 내뱉었다.

"애당초 박서방에게 너를 주는 게 아니었어."

뭐라 대꾸할 말을 잊은 나에게 아버지의 다음 말이 이어졌다.

"난 그 놈 눈꽁댕이가 그렇게 싫었다. 사람의 심장을 얼어붙게 만드는 그 놈의 서슬이 시퍼런 눈꽁댕이가 그렇게 싫었다고. 내가 네 어려움을 다 안다. 그 성질머리 맞추고 사느라 힘들다는 것도. 내가 끝끝내 네 결혼을 반대하지 못한 것이 한이 된다."

"아버지!"

너무도 갑작스런 아버지의 폭탄선언에 놀란 나는 아버지를 다급하게 소리쳐 불렀다.

"아가, 그러한들 어쩌겠냐? 다 이 애빌 잘못 만나 그리된 것인데……."

"아버지! 이제 와서 그걸 말씀이라고 하세요? 아버진 그럼 지금이라도 제가 박서방하고 이혼이라도 하길 바라시는 거예요?"

참다못해 나는 아버지를 향해 버럭 소리를 질렀다.

"지금 너, 그걸 말이라고 하고 있는 게야? 아, 설마 애비가 되어 설랑 제 자식 이혼을 바라겠어?"

"그럼, 지금에 와서 그 말씀은 왜 하시는 건데요?"

"부창부수라더니 그놈에 그년이 고만! 지난번 네 집을 그렇게 나와서 마음이 영 편치 않았다. 그래서 결혼생활이란 그리 만만한 게 아니라는 말을 해주고 싶었을 뿐이다. 어찌되었든 꾹 참고 살다보면 수놈들은 다 때가 되면 수긋해지게 마련이라는 걸 얘기하고 싶었다고. 그래서 전화한 건데 알았다, 알았으니 전화, 그만 끊자! 고얀 년!"

매정한 쇳소리와 함께 통화는 그렇게 끊어졌다.

한동안 나는 전화기 앞에 쭈그리고 앉아있었다. 나도 모르게 눈물이 볼을 타고 흘러 내렸다.

결혼생활이 그리 만만하지 않다는 것은 그 옛날 아버지와 어머니의 결혼생활을 보면서 뼈저리게 느껴온 나였다. 식구들과 아내 위에 군림하는 아버지 앞에서, 언제나 주눅 들어 지내던 어머니를 어찌 한순간인들 잊을 수 있을까. 삼계탕을 고을 때나, 때때로 첩약을 달일 때조차 언제나 우리 집에서 그것을 먹을 수 있는 사람은 아버지와 큰오빠 단 둘 뿐이었다. 평생에 단 한 번 돌아가시기 직전에야 큰언니 성화를 못이긴 어머니는, 오랫동안 아버지의 전유물이었던 인삼을 듬뿍 넣어 곤죽이 될 때까지 곤 삼계탕 국물을 마셨지만, 어머니의 위장은 끝내 그것을 거부했다. 그토록 고달팠던 어머니의 세월을 아버지는 알기나 하는 것일까.

당신의 결혼생활이 어떠했다는 것을 누구보다도 선연하게 기억하고 있는 내게 아버지는 지금 왜 새삼스럽게 억지를 부리고 있는 것일까? 지나간 일을 다 아름답기 마련이라고, 지금 아버지는 어머니와의 결혼생활이 성공적이었다는 환상을 가지고 있는 것 같다.

오늘 저녁도 남편은 난실에서 서성이고 있다. 여름 내내 그토록 신경을 써서 키운 난 중 남편이 특히 애지중지하던 산반散班과 중투호中透縞가 뿌리까지 썩어 가는 걸 발견한 남편은 세상이 다 무너져 내린 듯 시름에 겹다. 요 몇 주 산행에서 남편은 변변한 난 하나 채취하지 못하고 돌아왔다. 난을 기르는 걸 취미로 삼은 이후 그의 바이오리듬은 당연히 난과 함께 들썩인다.

지금 그는 극도로 예민해있다. 이런 때 괜스레 그의 비위를 거스르는 일은 나는 사양하고 싶다.

아버지의 표현이 아니더라도 남편의 눈은 매섭다. 특히 화난 남편의 눈은 정말 마주 보기 겁이 날 정도로 사람을 긴장시킨다. 특히 내가 어떤 잘못을 저질렀을 때 더더욱 그 눈은 진가를 발휘한다.

스스로의 단점을 보완하는 의미로 남편은 식물을 택했을지도 모른다. 자신의 눈이 필요 이외로 상대방을 긴장시킨다는 것을 알고 있는 남편은 오래 전부터 식물을 키우면서 마음을 다스리고 있다. 아닌 게 아니라 내가 보기에도 남편의 눈빛이 많이 부드러워져 있다.

그럼에도 나는 남편의 눈꼬리가 예전과 같이 약간만이라도 올라가는 것으로 보이면 긴장을 하게 된다. 화난 남편 앞에서 옴짝달싹 못하는 건 어릴 적부터 아버지에게 길들여진 습성 탓이지 그의 탓이 아니다. 그럼에도 아버지는 내가 남편에게 늘 절절매면서 살고 있는 걸로 비춰졌던 걸까? 그 점이 그토록 당신의 마음에 걸렸던 걸까?

내 안의 대들보 보다 남 눈에 붙은 티끌이 쉽게 보이는 법이라더니, 아버지는 지금 남편의 티끌만이 대단해 보이는 가보다.

나는 자꾸만 자꾸만 아버지의 대들보를 들여다보기 시작한다. 여든 해를 살아오면서도 누구 하나 자기편을 만들지 못한 허망하고, 또 허망한 한 노인의 생애를 돌아본다. 이 세상에서 오직 한 사람. 자신의 가치를 알고 인정해주고 아껴주던 한 여성을 죽음으로부터 빼앗긴 힘 없고 기운 빠진 사람. 그런데 정녕 그 한 여성으로부터도 그는 오롯이 이해와 사랑을 받았을까?

그가 티끌보다도 못하게 여기던 미미한 그 어떤 존재로부터도 이해 받지 못하는 한 사람을 바라다본다. 천지간에 마음 부칠 이 하나 없이 남겨진 불쌍하디 불쌍한 존재.

남편은 썩어 나간 난의 뿌리를 도려내고 살균제에 물을 듬뿍 넣어 희석시킨 후, 조심스럽게 그 물 속에 뿌리를 담궜다.

반 시간이 지난 후, 이번에는 아까보다 더 많은 양의 물로 희석시킨 활력제 속에, 아까의 뿌리를 다시 한 번 더 담궈 놓는다. 이 모든 일을 하는 남편의 모습은 어느 때의 그의 모습이 아닌 흡사 구도자나 다름없다.

내일 낮, 한 두 시간 꼬들꼬들하게 뿌리가 마를 정도로 햇빛에 노출시킨 난을 남편은, 대·중·소의 난석을 적당히 섞어가며 분갈이를 할 것이다. 이렇게 정성을 쏟은 난은, 남편의 성의를 보아서라도 어쩌면 새 봄이 되면 신아를 틔우려나? 어느 때보다도 더한 보살핌과 사랑을 쏟아붇다 해도 지금으로써는 아무도 저 난의 회생을 장담하지 못한다. 다만 만에 하나라도 생길지 모를 어떤 가능성을 가지고 안스럽게 지켜볼 뿐이다. 그러다가 어찌어찌 봄이 되어, 만물이 화들짝 깨어나는 계절이 되어 더 이상 숨어있지 못하게 된 신아가 마침내 제 모습을 드러냈을 때의 희열은 아는 사람만이 안다. 더구나 그것에 전혀 기대치 않은 무늬나 띠를 두르고 나타난다면 그것은 그야말로 환희 그 자체를 안겨준다. 바로 그 맛에 남편은 난을 기르는 지도 모른다.

띵 똥! 띵똥, 띵똥!
갑자기 들려온 조급한 차임벨 소리에 나도 모르게 자리에서 일어섰다.

"누구세요?"

목소리에 짜증을 담아 뱉어내기도 전에,

"나다, 아가!"

아버지였다. 순간적으로 남편을 돌아보았다. 남편이 바람같이 달려와 현관문을 열었다.

놀랍게도 거기엔 가슴에 난초화분을 안은 아버지가 서있었다.

"박서방, 마침 자네 집에 있었구먼."

아버지는 희색이 만연한 얼굴로 들어섰다. 그리고는 거실에 발을 들여놓자마자 남편 코앞에 난초분을 디밀면서 자랑스러운 듯 입을 열었다.

"목척시장에 갔는데 이 난이 어찌나 좋아 보이던지, 자네 생각이 나서 하나 사왔네. 사람들이 모여있길래 가봤더니 글쎄, 이걸 가지고 서로 사겠다고 난리여. 내가 산다고 나섰더니만 젊은 사람들이 영감님이 산다면 양보를 한다면서 선선히 넘겨주더구먼."

엉겁결에 난을 받아 들은 남편이 나를 향해 희미하게 웃어 보였다. 아버지가 신이 나서 내게 덧붙였다.

"봐라, 아가. 이게 박서방이 좋아한다는 뱀 무늬 아닌가 말여. 맞지?"

  아무리 들여다봐도 사피무늬는 커녕, 점하나 찍혀있지 않은 난 잎을 들여다보며 나는 능청을 떨었다.

  "어쩜, 아버지. 사피무늬 맞네요."

매듭 풀기

New York Wall 2019, 36x48 inch

전화벨이 또 한번 길게 울리고서야, 나는 느릿느릿 몸을 움직였다.

— 〈x x 로〉 보고 전화 했습니다. 학원을 내놓으셨더군요. 보증금 천 육백에 월 팔 만원, 시설비 권리금 도합 사백만원. 게다가 살림할 수 있는 방이 하나 딸려 있다고요?

월요일 아침, 주간 종합 정보신문인 〈x x 로〉가 내 손에 쥐어지기도 전에 걸려오기 시작한 전화는, 화요일에 특히 극성을 부리더니 오늘 수요일 오후에 이르자, 내 진을 다 빼기에 이르렀다. 전화를 건 이들의 목소리는 한결같이 젊고 자신감이 있었으며 어떻게 들으면 당돌하다 싶을 정도로 당당했다.

— 그런데 실례지만 원생 수는 어떻게 되지요?

이야기가 슬슬 잘 풀려간다 싶다가도 이 대목에 이르면 나는 그만 말문이 탁 막혀 버린다.

— 학원생 수가 많으면 내가 하지, 왜 네게 넘겨주겠니? 권리금 시설비 합이 사백만 원이면 감 잡아야 하는 거 아냐? 이건 내가 애초에 인수한 금액보다 백만 원이나 내린 액수라고.

 흥분하여 혼자 씩씩대다가도 이내 그런 나의 속내 마음을 상대방에게 들키지나 않았을까 전전긍긍하곤 했다.

— 내가 몸이 많이 아파요, 그래서 학원 운영을 제대로 하지 못했답니다. 현재는 원생이 몇 안 되지만 열심히 하기만 하면 좋은 결과가 있을 거예요…….

 처음에는 나도 깍듯이 예의를 차려가며 상대방의 비위를 맞추려고 애를 써보았다. 그러나 익명에, 얼굴이 보이지 않는다는 이점을 내세운 사람들에게 시달릴 대로 시달린 뒤, 나에게도 나름의 방어본능이 되살아났다. 상대방의 통화 태도를 가능한 한 빨리 판독하여 대처하게 된 것이다.

 때로 그런 나 자신이 한심하다는 생각이 들었다. 나이 오십에 학원 하나도 제대로 운영하지 못하여 이 지경이 되다니……. 한없는 비감에 빠지기도 했다.

 좀 전에 전화를 건 이는 말투가 너무 무례했다.

— 비디오는 있겠죠? 피아노는요? 어머나, 왜 그렇게 원생

수가 적지요? 그런 학원 인수해도 괜찮은지 모르겠네…….

 내 판독기능에 장애가 생겼던가, 참지 못하고 나는 대놓고 쏘아붙이고 말았다.

 ― 권리금이 이리 싼 것은 다 그만한 이유가 있지 않겠어요? 자신이 없음 그만 두세요. 나도 실력 없이 학원을 인수한다고 설치는 사람에게 학원을 넘겨줄 마음이 없으니까…….

 ― 뭐, 이딴 사람이 다 있어? 교육사업 한다는 분이 이렇게 말을 함부로 해도 되는 거예요?

 더 이상 통화를 계속할 기분이 아니어서 일방적으로 전화를 끊어 버렸다. 기분이 좋을 리가 없었다. 쓸개를 떼어내지 않은 채 조리된 생선찌개를 멋모르고 한 입 떠 넣었을 때의 낭패감이 이럴까.

 내일이 목요일, 다시 새 〈ｘｘ로〉가 나오면 그나마 내게 오던 전화도 당분간 그치리라. 그런 사실을 번연히 알면서도 나는 굼뜨게 전화를 받았다.

 "〈ｘｘ로〉 보고 전화했는데요, 미술학원을 내놓으셨나요?"

 이번 여자의 목소리는 그간 내게 전화를 주었던 익명의 사람들과는 확연히 구분이 될 만큼 차분하고 맑았다. 순간적으로 어떤 기대감이 스쳤다.

"한 번 찾아뵙고 상의 드리고 싶은 데요."

"지금은 원생들 때문에 곤란하군요. 여섯시 이후에 방문해 주실래요?"

내게도 이런 임기응변이 가능하다니. 내가 생각해도 썩 괜찮은 대답을 한 것 같아 나도 모르게 양 입 꼬리가 아래쪽으로 처졌다.

"그러시겠지요. 그러면 그때 뵙지요. 자세한 이야기도 그때에……."

찰 — 칵. 전화기가 제 자리에 얹혀 지는 소리가 났다. 그제서야 나는 상대방에 대하여 무엇 하나 제대로 알고 있지 못하다는데 생각이 미쳤다. 조바심이 일기 시작했다.

나를 잘 아는 누군가가 나를 골려먹기 위하여 장난질을 한 것은 아닐까. 아니, 그럴 리가 없어. 조심스런 목소리라니……. 상대방의 마음까지도 차분하게 해 줄 정도로 독특한 음색의 여자던데…….

옅은 노랑에서 부터 빨강, 빨강에서 다시 진보라에 이르기까지 색의 명도차를 한눈에 알아볼 수 있도록 디자인한 유리창의 썬팅 틈새로 행길 너머의 공터에서 활기차게 뛰어 놀고 있는 동네 조무래기 몇이 보였다. 언제부터인가 우리 학원에 오지 않을까 막연히 기다려 보던 쌀집 남매와 화장품상점 아이도 끼어 있었다. 서울 사람이 땅주인인 탓에 방치되어 있던 공터는 동네사람들이 가꾼 상추, 쑥갓 따위의 푸성귀로 여름 내내 초록색이 무성했다. 그런데 지금은 작은 언덕이 휑하니 드러난 채 동네 아이들의 놀이터로 그 역할이 바뀌어졌다.

한때는 나의 경쟁상대가 되지 않을까 우려했던 평화 선교원은 바로 그 공터 왼편에 있었다. 이즈음까지 문을 꼭꼭 닫고 살은 터라 그쪽의 기척을 알 수 없었는데 꼬마들의 노랫소리가 바람결에 조금씩 들려오고 있는 참이었다. 오전반 꼬마들의 수업이 끝난 걸까. 빨간 모자를 쓰고 배낭식 가방을 둘러맨 아이들이 꾸역꾸역 선교원 문 밖으로 나오면서 노래를 부르고 있는 것이 보였다. 가사도 음정도 정확하게 보이지는 않지만 그들의 입모양과 약간씩 들려오는 가사를 종합해 보면서 나는 그들이 지금 헤어질 시간을 아쉬워하는 내용의 '원가'를 부르고 있다고 어림잡았다. 학원을 인수한지 일 년이 넘도록 나는 단 한번도 신나게 불러본 적이 없는 노래였다.

"아이~ 참, 즐거웠네. 평, 화, 선교원. 벌, 써, 갈 시간이 다아 되었네. 빨, 리~ 내일 아침 돌아왔으면. 우, 리, 친구들을 또오 보겠네. 안~녕~, 안~녕~, 안~녕~. 안~녕~. 안, 녕!"

선교원의 꼬마들이 서른 명 쯤으로 늘어났을 때, 어느 결에 왔는지 승합차 한 대가 나타나 아이들을 차에 실었다. 마중 나온 엄마들의 손에 이끌려 집에 돌아가는 꼬마들은 불과 두서너 명이 될까. 그 아이들도 차 속의 아이들이 부러운지 엄마를 따라가면서도 고개는 연신 승합차 쪽에 두고 있었다.

 출근을 할 때마다 골목골목에서 꼬마들을 태우고 있는 승합차가 자꾸만 내 눈에 밟히곤 했었다.
 ― 모퉁이 하나만 돌아가면 되련만 엄마들은 기어이 아이들을 차에 태우려고 안달을 한답니다. 이렇게 과보호하여 키우다가 통일이라도 덜컥 되는 날이면 북쪽 아이들에게 우리 아이들 모두 어떻게 되겠어요?
 ― 보나마나 뻔하지요, 뭐. 다 먹히고 말지.
 만만치 않은 승합차 유지비 덕분에 고심을 하던 동료 학원장들이 저희들끼리 넋두리 삼아 뱉어내던 말이 생각났다.
 아이들을 다 태웠는지 이윽고 차가 서서히 움직였다. 승합차 옆구리에 큼지막하게 써 붙인 '94년 원아모집'과 '평화 선교원'의 프랜카드 덕분에 차 속에 빽빽이 앉아있는 아이들의 얼굴이 간신히 보였다.
 평화 선교원 승합차가 지나가고 난 뒤, 예술 웅변 미술학원의 차가 빠르게 지나가고, 그 뒤를 다시 남강 주산 속셈학원 승합차가 이어 달린다.

온 동네가 다 승합차로 몸살을 앓는다. 온 도시가 다 그것들에 먹히고 있는 것 같다. 학원 연합회에 참석했을 때, 회장이 그랬다.

"우리 모두 승합차 운행을 자제합시다. 기하급수적으로 늘어만 가는 학원과, 너도 나도 운행하는 승합차가 뿜어대는 배기가스 덕분에 우리의 도시가 더욱 오염돼 가고 있습니다. 승합차를 운행하는 대신 이웃에 있는 학원에게 원생들을 인계하면 어떨까요? 줄잡아도 칠, 팔십 만원은 족히 드는 승합차 유지비 때문에 문을 닫는 학원도 부지기수입니다."

"흥, 성인군자 나섰네? 전쟁에 뛰어들었으면 싸워야 하고, 싸움에 끼어들었으면 이겨야 하지. 싸움에 이기려는데 수단, 방법이 어디 있어?"

등 뒤에서 누군가가 씹어 뱉듯이 뇌까렸다.

그때 왜 나는 깨닫지 못한 걸까. 어떤 세계에서든 그 세계에서 이기려면 싸움터에 뛰어든 전사처럼 용맹해져야 한다는 것을. 최선을 다해 싸워 이길 준비가 되어있지 않으면 전투에서는 자연 지게 되어있다.

"선생님, 제 그림 좀 봐 주세요."

현지의 목소리가 오늘 따라 밝은 것을 보니 제법 마음먹은 대로 그림이 되어가나 보다. 자기는 그림을 참 못 그린다고 생각하는 것이 이 애의 가장 큰 단점이다. 아직 저학년이어서 자기가 보고 느낀 대로 그리면 참 좋으련만, 오랫동안 그 울에 갇혀 제 그림을 못 그리더니 요즘은 조금 자신이 붙은 모양이다. 바라보기만 해도 저절로 미소가 피어오르는 그림을 볼 때처럼 기분이 좋을 때가 있을까?

주현이는 그림그리기가 무척 힘이 드는 것 같다. 학과성적 중 유독 뒤처진다며 방학동안 보충을 목적으로 한 것이니 만큼 힘이 달리더라도 채찍질할 밖에……. 그림을 그리는 중간중간, "선생님, 아직도 더 그려야 하나요?" 지금이라도 허락만 떨어지면 붓을 놓고 싶다는 말투로 물어올 때의 난감함이란.

양수, 민지, 태연 그리고 수진의 그림을 돌아보고 나는 내 지정석이나 마찬가지인 의자에 앉았다. 아이들의 손놀림이 빤히 들여다보이는 자리였다. 새삼스럽게 이 아이들이 나와 함께 하는 오늘 이 시간을 오랫동안 기억해주면 좋겠다는 생각을 했다.

"도대체 뭣 땜에 일을 하겠다는 거야?"

〈ⅹⅹ로〉에서 학원안내문을 발견하고 오랜 친구인 수옥이와 이미 한 차례 학원을 둘러본 후, 내 딴에는 심사숙고 끝에 말문을 연 셈인데 석간신문에서 눈을 떼지 않은 채 남편은 짜

증을 섞어 대꾸했다. 뭣 땜에라니? 생각대로 라면,

"정말 이렇게는 더 이상 못 살겠어요. 여태 말을 안 해서 그렇지 솔직하게 얘기해서 당신 월급만 가지고는 정말 살기 힘들어요. 함께 허리띠를 졸라매도 시원찮을 터에 벌써 십 년이 넘게 당신이 지방근무를 하고 있잖아요. 그래저래 빠져나가는 돈이 또 얼마나 되게요. 그리고 나도 누구 못지않게 능력이 있는 사람이라는 걸 보여주고 싶단 말이예요."

쏘아부치고 싶었으나 나는 작전상 미소까지 띠우며 남편을 설득해 나갔다.

"그런 신문에 난 학원, 믿을 게 못 된다던데……."

머뭇대던 남편도 현장답사를 한 연후엔 은근히 나를 부추기며 눙쳤다.

"나, 이제 마누라 덕에 나 하고 싶은 공부만 실컷 하며 살 수 있는 건가?"

우선 학원이 남향인 점이 마음에 들었다. 이제껏 이상하게 한 번도 정남향집에 살아보지 못한 나로서는 정말 눈에 확 트이는 장소였다. 시설물 또한 결코 넘치게 많지도, 그렇다고 썰렁할 정도로 적지도 않게 적절히 배치되어 있었다. 게다가 만약의 경우 실패를 한다고 해도 그것들은 그대로 되팔수 있을 정도로 새 것이나 다름없었다.

솔직히 무엇보다 내 마음을 움직인 것은 학원을 운영하는 3년 동안 생활비는 물론이려니와 대학에 다니는 두 동생들의 학비를 다 제가 댔다는 전임 원장의 자랑이었다.

최근에 시에서는 학원의 실평수 허용면적을 대폭 늘린 터이다. 새로 인가를 낼 경우 임대료만도 만만치 않았다. 일도 일이려니와 그에 합당한 보상이 주어진다니 이 얼마나 좋은 기회인가. 이 기회를 놓치면 아마도 나는 내 일을 할 수 없을지도 모른다는 조바심조차 생겼다.

학원을 돋보이게 하기 위해 제일 처음 착수한 일이 바로 유리창의 선팅이었다. 큰애가 어렸을 적에 그려놓았던 연필그림을 삽화로 하여 내 딴엔 전혀 새로운 광고지도 만들었다. 93년 '원아모집' 현수막은 학원 정면과 측면에 두 개 만들어 붙였다. 물론 내 손으로 직접 제작한 포스터를 새벽바람에 들고 나가 동네 곳곳에 붙이는 것도 잊지 않았다.

드디어 '내부수리 중'이라는 푯말을 떼고 학원의 문을 열었다. 첫 출근이니 만큼 옷매무새도 가다듬고 미장원에 가서 특별히 머리손질도 했다. 오랜만에 내 일을 하게 되었다는 설렘 때문에 다소 떨리기까지 했다.

오전 10시. 나는 학원을 찾아온 원생 수에 놀랐다. 세 명. 오전반 아이는 모두 세 명이었다. 설마 하는 생각으로 오후까지 기다려보았으나 네 명이 더 왔다. 28평 학원의 원생이 고작 일곱 명이라니. 전임 원장으로부터 인계받은 명단에는 분명히 서른이 넘는 아이들의 이름이 기재되어 있었건만 학원에 나온 아이는 모두 일곱 명일 뿐이었다.

당초 우려했던 대로 인수 시기가 문제가 된 듯했다. 일 년 반 유치부 아이들을 확보하는 것이 미술학원 운영의 묘미라면 묘미이다. 일단 적정선의 아이들이 확보되면 학원은 최소한 적자는 면하게 되어있기 때문이었다.

인수 시기를 놓고 망설이는 내게 전임자는 확신에 찬 목소리로 말했었다. 새로 입학하는 아이들의 접수까지는 당연히 제가 책임을 져야지요. 그뿐만이 아니었다. 학원을 넘긴 다음에도 그녀는 최소한 일주일 정도는 학원에 나와 아이들의 지도를 도와주겠다고도 했다. 그러나 인수 이후 그녀는 단 한 번도 얼굴을 보이지 않았다.

새로 오기로 되어있는 유치부 교사에게 양해를 구하고 당분간이라도 혼자서 아이들을 지도해 볼 요량을 했다. 우선 현재 학원에 나오는 아이들이라도 확보해야겠다는 생각으로 마음을 다해 지도를 했다. 딴에는 성의를 다했지만 처음부터 김이 빠져있었던 터라 신명이 날 리 없었다. 오래지 않아 원생수가 세 명 늘었지만 더 이상은 늘어날 기미가 보이지 않았다.

설마 늘 이렇지는 않겠지. 첫술에 배부를 리 있나. 처음부터 잘 되는 곳은 없을 거야. 스스로를 다독이면서 나는 어느새 일 년을 보낸 셈이다. 일 년이라는 기간 동안 나를 제일 숨막히게 한 것은 원생수가 적든 많든 하루 종일 그 애들을 기다리는 일이었다. 시간을 정해두긴 했으나 아이들이 제 시간을 맞춰 학원에 오는 경우는 없었다. 아직 시간개념이 정확하지 않은 아이들은 기분이 내키는 대로 학원에 들렀기 때문에 나는 꼭 필요한 잠깐 동안의 외출을 위해서도 여러 번 소동을 벌여야 했다.

이 며칠 새 나는 최종적으로 어떤 단안을 내려야 된다는 결론을 내리고 일차적으로 정보지 〈ㅇㅇ로〉에 학원을 내놓기에 이르렀다.

자지러지는 소리를 내며 울려대는 전화벨 소리에 나도 모르게 튕기듯 일어섰다.

"나야."

남편이었다. 이 일, 저 일, 일을 만들어 외출이 잦았던 예전과 달리 집, 아니면 학원에 어김없이 붙어있는 내가 신기하기만 한지 전에 없이 전화하는 횟수가 잦다. 그처럼 맘이 놓이지 않은 여편네이면 왜 그렇게 오래 지방근무를 하고 있누?

"골치학원, 어떻게 좋은 소식 없어?"

어떻게 말을 해도 꼭…….

장거리 전화로 기껏 한다는 말이라고는 나의 소극적인 생활태도를 비아냥거리는 것뿐인 그. 학원 운영의 어려움을 토로할라치면 그는 하기 좋은 말이라고 더 적극적으로 해 봐, 하는 정도가 고작이었다.

괜히 원생들 핑계를 대고 통화를 끊었다. 십 년이 넘게 주말부부로 살아오면서도 별다른 방도를 찾으려 들지 않는 남편. 이참 저 참, 그에 대한 원망이 새록새록 불어나는 참인데 남편은 아직 나의 마음을 모르는 체 시침을 떼고 있다. 중학교 진학을 코앞에 둔 자식을 가진 에미로서의 조바심. 내 식으로만 길들여지는 아이들의 생활습관, 그리고 적자를 면치 못하고 있는 학원운영 때문에 겪고 있는 나의 마음고생은 안중에도 없는 듯한 남편. 일주일에 한 번 집안을 휘젓고 가고나면 나머지는 모두 내 몫인데, 그는 아예 내 삶의 무게에는 무심하다.

아이들을 집에 돌려보내고 사무실로 들어섰다. 처음 학원을 보러 왔을 때, 나의 마음을 끈 것 중의 하나가 바로 사무실이 따로 있다는 점이었다. 이곳에 이젤과 화구를 들여놓으면 아이들을 지도하는 짬짬이 나도 다시 그림을 그릴 수 있겠다는 생각은 얼마나 나를 들뜨게 했던지…….

원생들이 몇 안 되는 초창기에 학원 운영 상태를 사실보다 심각하게 생각하지 않은 것도 어쩌면 오랜만에 다시 작업을 하게 되었다는 마음의 여유 때문이었을지도 모르겠다.

곧 마감되는 ㅎ미술제의 서양화 구상부문에 출품하려고 그리고 있는 그림은 삼분의 이 정도의 작업에서 지지부진 겉 돌고 있었다. 해마다 봄이면 겪곤 하는 ㅎ미술제 병을 올해도 어김없이 겪고 있는 셈이다. 시작은 해놓은 셈이니 올해는 다른 해보다 의미가 있는 해이긴 하다. 그러나 이런 식으로 가다가는 어떻게 마무리나 제대로 할 수 있을까 모르겠다.

며칠 동안 전화벨소리에 노이로제라도 걸린 걸까. 전화기의 벨소리 내는 부분을 최대한으로 줄여놓은 탓에 바로 코앞에서 조차 숨을 죽여 울리는 벨소리에도 소스라치게 놀라며 전화기를 집어 들었다. 친구 수옥이었다.

"좋은 소식, 있니?"

처음 일을 시작하려 했을 때도 제일 먼저 그녀와 상의를 했다.

— 우리 나이는 이미 구인광고에서 조차 제외된 나이인 것 같아. 넌 그래도 전공이 남다르니 얼마나 좋아.

요즘 수옥이는 나름대로 괜한 책임감을 가지고 있나 보았다.

─ 미안해, 그때 내가 말렸어야 했어.

나 못지않게 나의 실패를 마음 아파하곤 했다.

"왜 그렇게 모두들 영악하다니? 무조건 원생 수만 물어. 빨리 작자가 나타나지 않음 나, 그만 어떻게 될 것 같아."

"그러게 적당히 거짓말을 좀 하래도. 넌 왜 애가 그렇게 꼭 막혔니? 너한테 학원 떠넘기던 여자애 한 번 생각해 봐라. 너한테 뭐라고 사탕발림 했어? 대학생 두 동생의 학비를 대고 있다고 했잖아. 그렇게는 못해도 한 삼십 명쯤 된다고 왜 말 못해? 내가 뭐, 도와 줄 일 없니? 내가 가서 전화래도 좀 받아 주랴?"

"됐어. 네 목소리만 들어도 기운이 난다. 그나저나 왜 일을 벌려서 이 고생인지 나도 모르겠다."

"조금만 더 기다려 봐. 마음 느긋하게 먹고. 곧 좋은 소식이 올 거야. 그래도 넌 해 보았으니 원이라도 풀어 봤지, 난 뭐니?"

수옥이의 말투가 예사롭지 않았다.

"왜, 무슨 일이라도 있어?"

"아니. 뭐, 그냥. 넌 그래도 행복한 줄이나 알라고……."

수옥이와의 통화는 이상하게 여운을 남기면서 오래 동안 내 마음을 편치 않게 했다. 내가 내 문제로 골똘해 있는 동안,

그 애에게 어떤 말 못할 일이라도 생긴 걸까?

수옥이는 누가 보아도 학자 감이었다. 나는 영문학도인 친구가 당연히 대학원에 진학하여 모교에 남으려니 생각했다. 그런데 제 도움을 필요로 하는 가족이 있는 것도 아니었는데 그 애는 졸업을 한 학기나 앞두고 교직을 택해 나갔다. 그 얼마 후엔 동료교사와 염문을 뿌리더니 느닷없이 결혼까지 해버렸다. 그리고는 시어른의 성화에 몰려 직장을 놓고는 착실하게 맏며느리 노릇을 하며 살아왔다. 이제 시어른에게서도 자유로워졌겠다, 뭔가 마땅한 제 일을 갖고 싶은데 그게 당최 무엇인지 감이 잡히지 않는다고 했다.

아무래도 마음에 걸려 전화기를 들었다. 일곱 숫자 중 네 번째에 해당하는 숫자 7을 누르려는데 뚜르 뚜르르 이상한 신호음이 왔다. 혼선인 걸까? 잠시 멈칫 대고 있는 사이 투명하다 싶을 정도로 맑은 예의 여자음성이 들렸다. 나도 모르게 긴장이 되었다.

"무지개 미술학원인가요?"

낮에 전화를 주었던 여자였다. 여섯 시가 되려면 족히 한 시간은 기다려야 하는 시각이었다. 정말 전화를 넣어 주었구나. 안도의 마음이 생겼다. 잠시 후에 찾아오겠다며 그녀는 학원의 위치를 물었다. 순간적으로 묘안이 떠올랐다. 원생들 때문에 어렵겠다는 이유를 붙이고 수업이 완전히 끝나는 사십분 후쯤 방문해 줄 것을 부탁했다. 공감의 뜻을 표하는 여자에게 나는 은근하게 덧붙였다.

"아이들이 보통 눈치가 빨라야 말이지요. 괜히 책잡혀서 득이 될게 없지 않겠어요?"

통화를 끝내자마자 수옥이에게 전화를 넣었다. 방금 전 통화를 했기 때문인지 마침 집에 있었다. 가능한 한 빠른 시간 안에 애들과 그 친구들을 동원하여 학원에 와줄 것을 당부하였다.

"갑자기 왜 그러는 건데?"

수옥이 놀라 물었다.

"나 좀 도와 줘. 잘만 되면 한턱 낼께."

"애들 친구들이 집에 있을까 모르겠다. 보충수업 한다고 다들 난리이니 말이야."

"일이 성사되고 안 되고는 너한테 달려있어. 수옥아, 알겠지?"

"노력해 볼께."

통화를 끝내고 나니 어떤 결연한 마음이 생겨났다. 이번에야 말로 결사적으로 매달려보자는 마음. 곧바로 속셈학원에 가 있는 딸애에게도 전화를 넣어 아이를 불러 들였다. 영수학원에 있는 아들 녀석에게도 전화를 했다. 그리곤 서둘러 학원으로 나왔다.

 열려진 채로 널브러져있는 파레트, 뚜껑이 안 닫친 물감, 비닐물통 속에서 파스텔조의 색상을 띤 채 방치된 물들. 원생이 몇 안 된다고 볼 수 없을 정도로 실내는 어질러져 있었다. 대충대충 눈에 크게 거슬리는 것만 정리하고, 수옥이 아이 친구들과 우리 애들 몫의 화구를 준비했다.

 언젠가 수옥과 함께 이력서를 내고 면접을 보러갔던 ㅈ문화회가 불쑥 생각났다. 100여 평의 공간에 널려있던 수십 개의 책상, 의자, 제 자리에 얹혀있는 건지 의심스러울 정도로 흔해빠진 자개로 만든 직함패. 한 시간 단위로 벌이는 것 같은 신제품 설명회. 최고급 패션으로 치장하고 끊임없이 모여들던 멋쟁이 여자들. 그녀들에게서 흘러나오던 화장품 냄새와 역겨운 향수냄새. 흡사 전문 사기극을 그린 영화 '스팅'이라도 보는 듯 어찔어찔하던 그때 그 느낌이 새삼스럽게 지금 이 시각, 왜 내게 다시 오는 걸까.

 "엄마, 왜?"

 가까운 거리라서 일까. 딸애가 제일 먼저 들어섰다. 이 애한테 엄마의 다급함을 어떻게 설명할까? 뒤이어 수옥과 아이들 친구들이 들어섰다. 모두 열 명은 되었다. 삽시간에 학원은 활기를 되찾고 나는 모처럼 번창일로에 있는 학원장 위치에 섰다.

"너희들 학교에 이따금 귀한 손님이 오시지? 그때 어떻게들 하지?"

"선생님 말씀 잘 듣고, 묻는 말에 대답 잘하면 되지요, 뭐."

아이들은 별걸 다 묻는다는 투로 시원시원하게 대답했다.

"그래, 바로 그거야. 오늘 이 학원에 귀한 손님이 오시기로 되어있어. 너희들은 그저 학교에 오신 손님 대하듯이 그렇게만 해주면 된단다. 다 끝나면 선생님이 맛있는 거 사 줄께. 알았지?"

갑자기 횡재라도 한 얼굴이 되어 아이들은 각자 제 앞에 있는 화구에 다가섰다.

"오늘은 정물화를 그리자. 여기 정물대에 놓여있는 것들을 중심으로 스케치해 보는 거야. 잘 알겠지만 모든 사물에는 다 저마다의 특성이 있어. 그것을 잘 관찰해 본 다음에 켄트지에 옮기는 거야."

정물대를 중심으로 둘러앉은 아이들의 얼굴이 이내 불그스름하게 물이 들었다. 난로의 온도를 최대한으로 높여놓은 탓이었다. 난로 위에 올려놓은 주전자에서 김이 올라왔.

준비해 놓은 두 개의 컵에 물을 듬뿍 따른 후 커피와 설탕을 넣었다. 순식간에 커피향내가 실내에 가득 넘쳤다.

"작자가 나선거야?"

커피를 한 모금 마시고 난 수옥이 은밀한 목소리로 물었다.

"쉿, 곧 한 사람이 오게 되어있어. 넌 이제부터 여기에 학부모 자격으로 와 있는 거야. 분담 극 한다 생각하고 열심히 해줘."

예정에 없는 미술시간을 맞아서인지 아이들은 조금 들떠있는 듯 했다. 생각보다 동원된 아이들의 스케치 실력이 고른 편이었다. 남보다 높은 교육열을 가진 부모를 만나 적당한 시기를 맞춰 미술교육을 받은 흔적이 역력한 아이들이었다. 더도 덜도 말고 이 정도의 교육열을 가진 부모가 이 동네에 요만큼이라도 있다면……. 아니, 반만이라도……. 한 애, 한 애를 둘러보며 괜한 바램을 가져보고 있을 때였다. 한 녀석이 불쑥 선생님, 저, 노래 불러도 되요? 했다. 글쎄……. 내 대답이 채 끝나기도 전에 녀석이 이동식 칠판 앞으로 뛰어나갔다. 그리고는 요즈음 텔레비전만 키면 나오는 김모 가수의 '핑계'라는 노래를 부르며 몸을 흔들어 대기 시작했다. 내가 뭐라 말을 하려고 입술을 달싹거리고 있는 사이, 두 아이가 노래를 부르고 있는 녀석의 양 옆으로 잽싸게 달려 나갔다. 그리고는 합세하여 흥겹게 몸을 흔들어가며 노래를 부르는 것이었다. 정말 눈 깜짝할 사이의 일이었다. 힐끗 나를 돌아다보며 멋 적은 표정을 지어보이던 딸애도, 수옥이의 두 아이들도 어느새 함께 노래를 부르기 시작했다. 노래는 자꾸만 이어졌다. 끝날 기미는 전연 보이지 않았다. 자연스럽게 선창자도 바뀌어갔다. 그런데 이상한 것은 선창자가 무슨 곡을 부르던지 간에 한 번도 중단되지 않고 노래가 이어져 나가는 점이었다. 더욱 이상한 것은 수옥이 조차도 그 분위기에 휩싸여 있다는 점이었다. 이 이상한 공감대. 나는 이 소집단에서 유독 나 혼자만 소외된 것 같은 위기를 느꼈다. 서둘러 이런 분위기를 마감시켜야 한다. 곧 여자가 나타날 시각인데…….

"애들아, 이제 그만."

고맙게도 먼저 사태를 수습하기 시작한 것은 수옥이었다. 아이들은 재빨리 제 자리로 돌아갔다. 그리고는 언제 그랬냐는 듯이 능청스럽게 그림에 열중하기 시작했다. 이 일사불란함. 애들에게도 이게 가능하구나. 여태 알지 못하고 지낸 것에 대한 새로운 감회가 일었다. 순간적으로 마스게임의 한 장면을 본 듯한 느낌이 선연하게 들었다. 찰나적이긴 해도 그 시각에서야 나는 나의 경직성에 생각이 미쳤다. 수옥이와 함께 할 때마다 뭔지 모르게 이따금씩 느껴지던 낭패감. 그 근원이 바로 나의 고질적인 경직성이라는 자각. 그것은 곧 다른 직업을 가졌다면 몰라도 어린 아이들을 상대로 하는 직업을 가진 나에게는 대단한 결함이라는 판단이 함께 왔다.

"원장 선생님."

어느 틈에 왔는지 여자가 얇은 레이스 천 커튼을 제키며 실내로 들어서다 말고 멈칫거리며 나를 찾았다. 생각했던 것보다 훨씬 앳된 얼굴이었다. 여자의 뒤를 역시 같은 연배로 보이는 남자가 바싹 따라 들어섰다.

"곧 결혼할 사이예요. 와 보고 싶다고 그래서……."

실내에 있는 아이들을 보고 여자가 조금 당황한 몸짓을 했다.

"요즘 아이들이 좀 바빠야 말이지요. 대부분 두서너 가지를 배우니까 이 시간에도 학원 문을 못 닫는 답니다. 자, 이리로……."

두 사람을 사무실로 안내한 후 조금 기다려 달라고 양해를 구했다. 곧 아이들에게 돌아온 나는 한껏 목소리를 높여가며 수업이 끝났음을 알렸다.

"자, 각자 자기 화구는 정리하여 자기 함에 넣으세요. 파레트 깨끗이 정리하는 것 잊지 말구요. 파레트가 깨끗해야 다음 날 그림그리기가 수월하고, 또 색깔도 깨끗하게 낼 수 있지요? 고학년 언니, 오빠들이니까 더 이상 잔소리 안 합니다."

"선생님. 앞으로 우리 애, 잘 부탁드립니다."

수옥이가 너스레를 떨면서 일어서자 화구를 정리하던 아이들이 하나 둘 손을 놓고 뒤를 따라 일어섰다.

딸애에게 열쇠를 쥐어주며 먼저 집에 가 있으라고 당부했다. 엄마의 연극이 성황리에 끝나기를 바란다는 눈빛으로 나를 올려다보던 딸애는 영악한 웃음으로 한 번 더 성원을 보내고는 돌아섰다. 수옥이 역시 내 손을 한 번 세게 잡아 흔드는 것으로 제 마음을 전했다. 수옥과 아이들을 배웅한 뒤 심호흡을 한 번 한 뒤 안으로 들어섰다.

그래, 마지막으로 한 번 용맹스런 전사가 되는 거야.

그새 여자와 남자가 사무실을 나와서 실내를 둘러보고 있었다. 아이들이 미처 치우지 못한 파레트와 물통 따위가 제멋대로 널브러져 있는 모습이 외려 학원을 활기 있게 만들었다.

"요즘 애들은 크나 적으나 제 물건 하나 제대로 챙기지 못해요, 큰일이지요……."

화구를 제 자리에 정리하며 나는 괜히 하지 않아도 되는 말까지 주절거렸다.

"학원을 참 예쁘게 꾸미셨네요. 정말 마음에 들어요. 그런데 사무실이 연탄보일러라고 하셨지요? 기름보일러면 더 좋을 텐데……. 살림방으로 써도 춥지 않을까요? 우린 곧 결혼하거

든요."

"굉장히 앳되어 보이는데 신랑은 학생?"

"네. 일 년 동안은 제가 학비를 대야해요. 그 정도 수입은 보장이 되겠지요?"

"물론."

"그런데 원장님은 왜 그만 두서요?"

"내가 몸이 많이 안 좋아요. 그래서……."

"어디가 편찮으신 데요?"

여자의 얼굴이 단박에 안스럽다는 표정으로 바뀌었다. 할 수만 있다면 제가 아픔을 나눠 가지고 싶다는 얼굴이었다. 할 짓이 아닌데……. 나 살자고 이 여리디 여린 애의 마음을 다치게 해서 쓰겠나……. 아냐, 이런 심성을 가진 사람이면 안 되던 일이 잘 될지도 몰라. 내겐 죽어라고 힘만 들던 일도 이 여자애에게는 수월한 일이고말고. 한없이 착해 보이나 당찬 구석이 있는 저 애의 눈매를 봐. 학원운영도 어쨌든 사업수완이 발휘되어야 하는 거거든. 저 애들은 젊으니까 머리회전도 빠를 테고, 둘이서 힘을 합치면 어떤 난관도 쉬이 극복할 수 있을 거야. 신선한 아이디어도 좀 많겠어? 나보다 훨씬 잘 해낼 수 있고말고……. 그런데, 정말 나는 전심전력으로 학원을 운영해보긴 한 걸까? 이제라도 승합차를 구해 원생들을 실어 나르고 질리도록 전단을 뿌려 봐? 가가호호 방문을 해서 원생들을 구걸해 보고? 남편 말마따나 더더욱 적극적으로?

내일 아침 은행 문이 열리는 대로 계약금을 챙겨 다시 오겠노라는 두 사람을 바라보고 있자니 자꾸만 마음이 착잡해 왔다. 나도 모르게 손에 진땀이 배어나고 입안이 자꾸 바싹바싹 말라왔다. 학원을 인수하려면 어차피 몇 가지의 구비서류를 건네주게 되어있다. 그것들을 들여다보면 방금 전 나의 연극도 백일하에 드러날 텐데……. 돈 몇 푼에 내 양심을 팔아?

"엄마, 이제 골치학원 안 해도 되는 거야?"

난데없이 문 쪽에서 들려오는 목소리는 분명 아들애였다. 운동화를 실내화로 바꾸어 신고 있는 듯, 아이의 모습은 아직 보이지 않는데 목소리만은 우렁우렁 실내를 맴돌았다.

"유리한테 죄 들었어. 금방 주희네 아줌마랑 주희친구들이랑 왕창 다녀갔다며? 언제부터 학원 안 해? 나도 조금 일찍 왔어야 재미있는 구경을 하는 건데……."

신발장이 있는 좁은 통로를 지나 얇은 레이스 커튼을 제키고 들어서던 아들애가 돌연 말을 끊었다. 일순 생각지 않은 정적이 왔다. 그 참기 어려운 시간의 와중에서야 나는 남자와 여자가 구두를 신은 채 실내에 들어와 있음을 발견해 냈다.

"세상에 원, 남의 학원에 들어오면서 어쩌면 구두를 그냥 신고 들어와요."

 듣기에 따라서는 당신네들이 신발만 바꿔 신고 들어왔더라면 내 아들이 이런 실수를 저지르는 불상사는 없었노라는 강변으로 들릴 만 했다. 그때까지 사태를 관망하며 서있던 남자가 나를 한 번 째려보더니만 여자를 데리고 황급히 나가버렸다.

 머쓱해진 아들애가 힐끔힐끔 내 눈치를 살피는 걸 모른 체 하고 나는 신발장이 있는 입구 쪽으로 갔다. 그리고 허리를 굽혀 제멋대로 내팽겨쳐진 실내화의 짝을 맞추기 시작했다.

십자가 살인 사건

얼굴 Collage 2019, 6x8 inch

1.

 현장에 도착해서 막상 실상을 눈앞에 두고서도 정 형사는 도저히 벌어진 입이 다물어지지 않았다. 어쩜 인간이 잔인해도 이렇게까지 잔인할 수가 있단 말인가? 삼십 년 넘게 형사로 밥을 먹고 있지만 이런 모양으로 인간이 죽을 수 있다니 도대체가, 이해할 수가 없었다. 정신병자이다. 그것도 광적인 기독교도의 짓이 분명하다. 아니지. 광기의 기독교인으로 위장한 신종 살인사건? 도대체가 얼마나 깊은 원한이 있기에 이렇게까지 처참하게 인간을 유린할 수 있단 말인가? 내 평생 이런 모습으로 죽은 인간의 모습을 볼 줄이야.
 하루가 멀다 하고 생각해보지도, 할 수도 없는 사건사고가 끊이지 않는 현장에서 살아왔지만 정 형사에게도 이번 사건은 충격적이었다.

그것은 거대한 십자가로 비롯되었다. 신도시로 입적된 지 석 달째인 신흥도시 S, 온 도시가 다 새롭게 건설되느라 포크레인과 불도저, 롤러 등의 소음과 먼지로 들끓는 도시. 그 중에도 가장 인접지역인 대림리의 목조주택 짓기 체험행사장에서 이처럼 대형 사건이 발생한 것이다.

사람들이 들끓던 그 곳은 어떤 이유에서인지 돌연 체험행사가 취소되었고, 사람들은 하나둘 밀물처럼 빠져 나갔다. 한동안 목조들과 장비들만 널브러져 을씨년스런 이 곳을 지나가던 등산객으로부터 신고가 들어왔다.

십자가 살인사건. 가까스로 끌어내린 사체는 양 손과 발끝에 굵디굵은 대못이 박혀 있었다. 손과 발끝에서 서서히 빠져나간 흔적이 역력한 혈액은 어느 지점에서엔가 서로 엉겨 붙은 채로 그대로 얼어붙었다. 그 모진 고통을 견뎌내야 했을 사체의 얼굴은 너무도 처참하게 일그러져 있어서 보는 이를 섬뜩하게 했다. 정말이지 한 번 보면 평생 잊지 못할 얼굴이었다. 십자가상의 죽음! 일찍이 예수 그리스도도 이러한 모양으로 처참하게 최후를 맞이했을까? 기독교에 문외한인 그였지만 십자가를 짊어진 예수의 얼굴모습은 언제나 평온해 보였다. 그것이 신과 인간의 경계인 것일까?

영하 10도를 넘나드는 혹한의 겨울 날씨임에도 각종 매체의 취재진들은 경쟁적으로 셔터를 눌러댔다. 그들은 사자떼들이 먹이감을 향해 돌진하듯이 맹렬히 덤벼들어 앞을 다투어 이 사건을 다루었다. 앞으로 이들에게 휘둘릴 생각을 하니 정 형사는 절로 입맛이 썼다. 어지간히 물고 뜯을 것이다. 도대체 어디에서부터 시작한다지?

신평수. 40세. 미혼. 목조주택 기능사. H대 미대 대학원을 졸업한 신평수는 장래가 보장되던 조각가였으나, 10년 전부터 목조건물 기능사가 되어 전국에 목조주택을 지으러 떠도는, 이쪽 업종에서는 꽤 실력을 인정받는 인물이었다. 이곳에 다시 온지는 6개월쯤 전. 이번에 개설한 목조주택 체험학교에서 일반인과 학생들을 대상으로 이론과 실습을 지도하고 있었다.

비보를 전해 듣고 한걸음에 달려온 형 부부에 의하면 그는 며칠 전 뜬금없이 형수 앞으로 어머니를 잘 부탁한다는 말과 함께 현금 500만원을 송금했다고 한다. 이따금 어머니 앞으로 용돈을 보내온 적이 있지만 이처럼 큰돈을 보내온 적이 없어서, 그렇잖아도 무슨 일인가 궁금해 하던 참이었다. 신평수는 이 일을 만류하는 홀어머니와 형에게, 자연친화적인 이 일이야 말로 세상의 어떤 일보다 가치 있는 일이라며 고집을 꺾지 않았다 했다. 언젠가 어머니와 형수를 위해 세상에 하나뿐인 아름답고 튼실한 집을 지어주겠다고 약속 했는데, 시동생이 이처럼 황망히 떠날 리는 없다고 형수는 울부짖었다.

"우리 시동생은 남에게 원한을 살 위인이 못됩니다. 제발 범인을 찾아주세요."

동생의 죽음 앞에서 반쯤은 넋이 나간 부부가 수많은 취재진에 둘러싸여 어찌할 줄 모르면서도, 분명히 제 의사를 표현하는 모습을 정 형사는 눈여겨 보았다.

그 많은 사람들을 멀리하고 한쪽 편에 죄인처럼 쭈그리고 앉아 있는 이는, 애초에 이 일을 함께 해보자고 그를 이곳에 불러들였다는 박철용. 그와는 십 년 전 강원도의 한 체험학교에서 처음 만나서 여태 함께 팀을 꾸려오던 사이였다. 그 역시 자살할 이유가 없다고, 자살할 사람이 아니라고 강하게 주장했다.

체험교실에 등록하여 짧은 기간이지만 그에게 목조주택의 기초를 배웠다는 수강생들도 한결같이 그의 인품을 언급하며 강력하게 자살을 부인했다.

"신평수의 종교는 무엇이래?"

"그러게 그게 이상합니다."

김 형사가 이마에 짙은 주름을 잡으며 뱉아낸 말은 그에게도 뜻밖이었다.

"형 부부는 신평수가 불교신자였다고 합니다. 대학을 졸업하던 이듬해부터 어머니가 다니던 절에 함께 다녔다는 데요."

뭐야? 정 형사의 이마에도 순간적으로 골이 깊은 주름이 패었다.

애당초 단순히 종교문제로 보기에는 뭔가 미심적긴 했다. 무언가 색다른 냄새가 난단 말이야. 단순히 기독교도들의 행위로 보아 넘길 수 없단 말이지. 아무래도 이 사건은 머리깨나 아프겠어.

2.

우선 정 형사는 체험교실 안에 있는 그의 숙소에 가보았다. 토지기반공사가 어느 정도 마무리되어선지 대부분의 택지가 이미 반듯하게 정리가 되어가고 있는데, 그 허허로운 땅의 한 귀퉁이에 달랑 지어진 목조주택은 을씨년스럽기 짝이 없었다. 갑자기 땅주인이 계약을 파기한 것인가? 왜 돌연 체험교실은 취소되었을까? 혹시 박철용과 신평수 사이에 어떤 문제가 생긴 것은 아닐까?

 냉기 뿐인 그의 방은 처량 맞기 그지없었다. 아무리 혼자살림이라고 해도 이 혹한에 어찌 견디고 있었는지……. 기내용 여행가방 하나와 코펠 세트. 휴대용 가스와 작은 밥상. 그리고 소형 냉장고와 이부자리가 살림살이의 전부였다. 그러나 밥을 해먹은 흔적이 전혀 없었다. 그리고 그 모든 것은 한결같이 말끔하게 정리가 되어 있었다. 심지어 빨래거리 하나 없이 모든 짐은 완벽하게 꾸려 있었다.

 소지품을 최소한으로 줄이고 깔끔하게 정리하기. 대부분의 자살자가 하는 행동이다. 그렇다면 자살이 맞는 걸까? 이런 경우는 대개 자살일 확률이 많다. 그러나 도대체 풀리지 않는 수수께끼는 마지막 손에 박힌 대못이다. 발과 왼손 하나는 그래도, 가능하다. 그러나 마지막 오른 손에 대못은 대체 누가 박은 것인가? 그 무시무시한 통증을 감내하면서 스스로에게 그처럼 가혹한 형벌을 줄 수 있을까? 그보다 무엇보다 젊은 사람이 노트북 하나 없는 점도 의심스러웠다. 심지어 노트 한 권, 스케치 북 한 권 남아있지 않았다. 그는 적어도 몇 년 전까지만 해도 활발하게 활동하던 조각가였다.

 정 형사는 타살에 무게를 두고 있었다. 그렇다면 누가, 왜?

 그는 다시 현장으로 나가 주변을 어슬렁거리기 시작했다.

어떤 식으로든 그를 아는 사람을 찾아내야 한다. 6개월이나 머물렀다면 체험교실에 드나들었던 누군가가 있을 것이다. 하다못해 음식점 배달원이나 슈퍼마켓 주인이라도……. 매일 식사를 대먹는 식당이 없으란 법은 없다.

워낙 외진 지역이다 보니 근처에 변변한 음식점이 있을 리 없었다. 아예 정 형사는 승용차를 타고 서행을 하면서 부근을 배회하기 시작했다. 눈에 띄는 음식점 몇 군데를 차분히 돌다가 마침내 당도한 가정식 백반집. 신평수의 사진을 보여주자 50대로 보이는 주인 여자가 반색했다.

"체험교실 신 선생님, 아니어요?"

역시나 그는 이 백반집의 단골이었던 것. 아예 매월 초 한 달치 식사대금을 내고 이 집에서 음식을 먹었다고 했다. 식대가 아직 많이 남아 있는데 최근에 보이지 않아 그렇지 않아도 궁금해 하던 차였다.

"근데, 왜 그러시죠?"

그의 사망소식에 주인 여자는 한동안 입을 다물지 못했다. 참말 많이 놀란 듯했다. 무엇이라도 그에 대해 말해달라고 했더니, 한참을 망설이던 주인여자가 조심스럽게 입을 뗐다.

"요나 선교원엔 가보셨어요? 거기 원장님과 잘 아는 사이 같던데요."

선교원이 문을 여는 시각을 기다리는 동안, 문 앞에서 정 형사는 벌써 몇 개피의 담배를 피워댔는지 모르겠다. 마침내 선교원 승합차가 도착했다. 제일 먼저 보육교사로 보이는 젊은 여자가 내린 후, 김윤이 원장이 차에서 내려왔다. 족히 170cm는 되어 보이는, 훤칠한 키의 30대 후반 여인이었다. 아이의 손을 잡아 일일이 내려주며 뭐라 이야기를 건네는 보육교사의 뒤에 서서 그녀도 밝은 미소를 지으며 아이들과 일일이 눈을 맞췄다. 원장은, 그녀가 입고 있는 밝고 화사한 옷 색깔처럼 밝고 상쾌해 보였다.

명함을 건넨 후 잠깐 시간을 내달라는 정 형사의 요청에, 그녀는 쌩긋 미소를 지으며 잠시 아이들을 돌볼 시간을 달라했다. 미소가 참 고운 여자였다. 그녀의 부탁대로 원장실로 가서 시간을 보내는 방법 밖에 다른 수가 없었다. 선교원은 바로 옆에 붙어있는 요나교회 부속인 듯 했다. 신축한지 얼마 지나지 않은 정갈한 목조주택이었다.

원장실 내부도 목조주택 특유의 신선함이 느껴졌다. 숨을 쉴 때마다 나무 특유의 향이 상쾌했다. 편백나무 숲속을 거니는 평온한 느낌이라고나 할까. 이 맛에 신평수가 목조에 빠졌구나 싶을 만큼 실내는 안온했다.

원장실 한쪽 벽면을 차지하고 있는 대형 걸게 그림은, 이때까지 정 형사가 보지 못한 독특한 색감으로 어린이들과 어울려 환하게 웃고 있는 예수 그리스도가 그려있었다. 너무도 밝고 평화로운 그림이었다. 그런데 묘하게도 그림 속의 예수는 낯익었다.

"오래 기다리셨지요?"

김윤이가 들어서자 정 형사는 우선 신평수의 수수께끼 같은 사망 소식을 전했다. 이야기를 다 끝내기도 전에 김 원장의 눈에 눈물이 그렁그렁 고이기 시작하더니, 급기야 그녀는 어깨를 들썩이며 격하게 흐느끼기 시작했다. 어찌나 서럽게 우는지 정 형사는 순간적으로 둘의 사이를 의심할 지경이었다.

눈물을 거둔 그녀는 갑자기 장례식 날짜에 대해 물었다.

"사건이 종결될 때까지 아무래도 시일이 좀 걸리지 싶은데요."

정 형사의 대답에 원장은 다시 흐느끼기 시작했다.

한참 후 가까스로 감정을 다스린 그녀는 더듬더듬 말했다. 몇 년 전 남편인 남 목사와 함께, 교회에 이어 선교원을 짓게 되었다. 집을 짓는 동안 그의 인간성에 매료되어 마침 제작 중인 그림의 모델이 되어줄 것을 제의하였고, 자신의 얼굴이 바로 예수 그리스도의 얼굴과 대치된다는 것을 안 그는 처음엔

완곡하게 거절하였다. 그러나 그녀의 끈질긴 설득 끝에 마침내 그녀의 모델이 되었으며, 그 일을 기화로 그는 남 목사에게 성경공부를 한 후에 세례까지 받았다. 조용히 잘 살고 있는 그에게 제 그림의 모델이 되게 하였고, 또한 세례까지 시킨 후에 이런 결과가 생겼으니, 엄밀한 의미로 자기가 신평수를 죽인 것이나 다름없다.

"세상에 십자가에 자기를 가두다니요. 그는 자기가 예수라도 된 걸로 착각했을까요? 그래서 부활을 꿈꾸었을까요?"

오히려 김 원장이 그에게 물었다.

"혹시 부군 되시는 남 목사를 뵐 수 있을까요?"

"집회가 있어서 서울에 가셨어요."

"그럼, 오시는 대로 다시 찾아와 뵙기로 하지요."

이미 몇 차례 후배 김 형사가 가져온 주변 인물에도 별다른 내용이 없었다. 마음만 앞섰던 동료 박철용과 모처럼 '목조주택 체험교실'을 추진했던 신평수는 8주 교육수료생 2기를 끝으로 더는 수강생을 받을 수 없었다. 국비지원 사업으로 추진했던 목조주택 체험 교실은 생각보다 행정적인 절차가 복잡하여 그들과 같은 현장 전문가로서는 역부족이었던 것. 별다른 내용이 없기는 정 형사가 일일이 만나본 수강생들에게서도 마찬가지였다. 결국 그는 이곳 대림리에 세 채의 목조주택을 남기고 떠난 셈이었다.

오래 전에 거의 왕래가 끊긴 조각가들과 대학동창들에게도 이미 입수한 정보 이상의 것은 발견할 수 없었다.

채근하는 소장에게 사건에 대한 개요를 작성하여 전달하고, 좀 더 시간을 달라고 요청을 한 후에 남 목사를 찾았다.

한눈에도 그는 중소도시의 전형적인 목사였다. 40대 중반의 비교적 이른 나이에 그림 같은 교회와 선교원을 가진 것도 대단한데, 미모의 아내에 7세, 5세의 남매를 둔 가장이면 이쪽 세계에서는 꽤 성공한 축에 속한다는 것쯤 정 형사는 알고도 남았다.

"목사님의 명성은 인근에서 익히 들었습니다."

정 형사가 인사치레로 운을 떼자 남 목사는 개척교회를 시작으로 이처럼 확실하게 자신의 교회가 성장한 배경에는 꿈에도 몰랐던 하나님의 놀라운 계획이 있었노라고 장황하게 설명하기 시작했다. 갑자기 급부상한 이 도시 S가 바로 그 놀라운 계획의 일부이다. 이곳이 이처럼 갑자기 부상하는 신도시가 되리라고 그 누가 생각이나 해보았겠느냐? 다소 속물적인 남 목사의 이야기를 더는 들을 수가 없어서 그는 화제를 바꿔 단도직입으로 신평수를 아느냐고 물었다.

"신평수 씨요?"

"아, 왜 이 교회를 지은 사람이잖아요?"

그제서야 그는 생각난 듯 말했다.

"제가 그 사람 세례를 주었습니다만……. 왜 무슨 문제가 생겼습니까?"

만나는 사람에게 번번이 똑같은 상황을 되풀이 설명하기도 싫어서 정 형사는 준비해온 현장사진을 그에게 내밀었다.

"오호 알렐루야, 하나님. 이게 대체 무슨 일인가요? 이게 바로 내가 살고 있는 이 고장에서 발생한 사건, 맞습니까? 더군다나 내 교회를 지은 바로 그 신평수 씨라니요."

한참을 사진에서 눈을 떼지 못하던 남 목사는 갑자기 확신에 찬 목소리로 말했다.

"이건 이단의 소행이에요. 신흥이단! 이건 있을 수 없는 사건입니다. 예수님 모독죄로 간주할 범죄라고요. 반드시 그 집단을 잡아 엄벌해야 해요. 그냥 방치하면 제2, 제3의 피해자가 나올지 모릅니다. 반드시 찾아내어 엄벌에 처해야 해요. 형사님, 꼭 범인을 잡아주셔야 합니다."

남 목사가 신축하려는 교회건물을 우연한 계기에 신평수가 맡게 되면서 그들의 인연은 시작되었다. 만나고 보니 신평수는 아내와 대학 동문이었다. 어찌어찌하여 목조건물 전문가가 되었지만, 원래는 전도양양하고 패기만만한 젊은이였다. 교회건물 기공식이 끝난 직후 둘은 대화를 나눌 기회가 있었다.

신평수는 불교도인 어머니를 모시고 자주 절에 다닌 덕분에 절의 예절과 생태에 대해서 어느 정도 알고 있었지만 불자는 아니었다.

그런 그가 성경에 대해 관심을 갖게 된 계기가 있었는데, 그건 대학시절 좋아하던 여자가 기독교에 빠지게 되었기 때문이었다.

그러나 아무리 노력해도 그는 성경을 제대로 읽을 수가 없었다. 도대체가 이해도, 해석도 되지 않아 책장이 넘어가지 않았다. 결국 서로를 견뎌내지 못한 그들은 결별했다. 그리고 수 년 동안 심평수는 아예 종교 자체를 잊고 살았다.

길을 잃고 헤매는 한 마리 양을 방관할 남 목사가 아니었다. 그날로 그는 신평수의 성경공부를 돕기로 했다. 남 목사가 예상했던 것보다 훨씬 빠르게 신평수는 예수그리스도를 받아들이고 놀라울 속도로 성경을 읽어냈다. 낮에는 교회를 짓느라고 기력을 다 소진했을 텐데도, 남 목사가 내 준 숙제를 거르는 법이 없이 완벽하게 해 왔다.

한 번은 마태복음 11장 11절부터 12절을 가지고 토론에 들어갔다.

> 여자가 낳은 자 중에 세례 요한보다 큰 이가 없도다. 그러나 천국에서는 극히 작은 자라도 저보다 크니라. 세례요한의 때부터 지금까지 천국은 침노를 당하나니 침노하는 자는 빼앗느니라.

― 그토록 성인으로 추앙받는 세례 요한이 그러면 길 예비자이긴 한 겁니까? 천국에서는 별 볼일 없는 인물이라는 이야기 아닌가요? 또 침노 당할 천국은 과연 가치가 있긴 한 건가요?

침착하게 남 목사는 그가 아는 진리를 성의껏 가르쳤다.

― 그건 그만큼 천국이 얼마나 대단한 곳인가 하는 것을 반증하는 구절입니다. 우리가 그토록 성인으로 추앙하는 세례 요한도 천국에서는 티끌에 불과하다는 것. 천국은 세례 요한의 때부터 현재까지 그토록 침노를 당하고 빼앗아가려고 호시탐탐 노리는 세력이 있을 만큼 대단한 가치가 있는 곳이라는 것.

그는 남 목사가 가르친 어느 교인보다 빠르게 진리를 깨우쳤을 뿐 아니라, 그런 만큼 질문도 끝이 없었다.

어느 날엔가 신평수는 남 목사조차도 찾아내지 못한 예수 그리스도의 외모에 대한 기록을 찾아내어 목사를 놀라게 했다. 신평수가 조용한 목소리로 이사야 53장 2절 이하를 읽어 내려갔다.

> 그는 …… 고운 모양도 없고 풍채도 없은즉 우리의 보기에 흠모할만한 아름다운 것이 없도다. 그는 멸시를 받아서 사람에게 싫어버린 바가 되었으며 간고를 많이 겪었으며 질고를 아는 자라 마치 사람들에게 얼굴을 가리우고 보이지 않은 자 같아서 멸시를 당하였고, 우리도 그를 귀히 여기지 아니하였도다 …… 그가 징계를 받음으로 우리가 평화를 누리고 그가 채찍에 맞음으로 우리가 나음을 입었도다. 우리는 다 양 같아서 그릇 행하여 각기 제 길로 갔거늘 여호와께서는 우리 무리의 죄악을 그에게 담당 시키셨도다 …….

150cm도 안 되는 셈족의 두상을 가진 황색 그리스도. 흠모할만한 아름다움이 없고 멸시를 받기에 족한 외모의 예수 그리스도를 보고 아무도 귀히 여기지 않았으며 감히 징벌을 받

아서 하나님에게 고난을 당한다 생각했다는 기록. 그가 상함은 우리의 죄악으로 말미암은 것이며 징계를 받음으로 우리가 나음을 받았다는 성경 구절.

이후 신평수는 거의 편집증적으로 성경에 몰입하였다.

교회건물이 완성되자 성대한 기념예배를 열어 자축하며 남 목사는 신평수와 교인 몇 명에게 특별히 세례를 주었다. 곧 신평수는 S시를 떠났다가 6개월 전 대림리에 체험교실을 세웠다며 돌아왔다.

다시 만난 신평수는 예전과 달리 성경의 마지막 장인 요한계시록에 대한 질문을 해댔다. 성경 중에 계시록에 대한 해설은 남 목사에게는 너무도 조심스러운 대목이었다. 그래서 그에게 통쾌한 성경해석을 해주지 못한 것이 끝내 이런 지경에 이르렀다. 그 역시 신평수에 대한 책임을 통감한다고 했다.

"지식욕이 왕성한 신평수를 어떤 식으로든 바른 신앙세계로 인도해야 마땅했어요. 제가 어리석어서 어린 양을 돌보지 못한 점을 회개합니다. 내 죄가 너무나 커서 마음에 사무칩니다. 그는 아마도 나를 떠나 이단에 빠진 것이 틀림없어요. 그렇지 않고서야 어찌 이런 일이…….

아, 하나님 아버지. 이 죄인을 용서하십시오. 저로 인해 한 마리 어린양이 길을 헤매다가 결국은 이렇게 어이없는 일을 당했습니다……."

그는 마침내 무릎을 꿇고 통성기도에 몰입했다. 더는 머무를 수 없어 정 형사는 그만 자리를 털고 일어섰다.

3.

신평수의 형수로부터 작은 소포가 도착했다. 혹시 도움이 될까 해서 어머니 집에 남아있던 시동생의 짐을 보내니 범인을 꼭 좀 잡아달라는 절절한 마음까지 함께 담아있었다.

어머니는 아직 아무 것도 모릅니다. 혹시 전해줄 사항이 생기면 저에게 연락주시면 좋겠습니다. 어머님이 쇼크를 받으실까 걱정됩니다. 그녀는 덧붙였다.

대학시절에 그가 쓴 것이 분명한 노트 몇 권과 스케치 북이 전부이지만, 형수의 마음 씀씀이가 느껴졌다. 지난번 방문 때 부탁을 하긴 했으나 별로 기대하지 않았었다. 이것저것 들썩이던 정 형사는 눈에 번쩍 띄는 이름 하나를 발견했다. 윤이. 그것은 소설 형식으로 쓰여 있었다.

결산공고

 졸업미전 관계로 사실 나는 눈코 뜰 새 없이 바쁘긴 했었다. 물론 윤이도 바쁠 것으로 미루어 짐작 하면서도 왜 졸업을 앞두고 무대에 서려고 하나에만 생각이 미쳤지, 그것을 말릴 생각은 추호도 해본 적이 없었다. 물론 자신이 옳다고 생각되는 것이면 굽히지 않는 윤이의 성격, 또 어느 다른 것보다도 뜨겁게 타오르는 연극에 대한 그녀의 열정을 알기 때문이긴 했다. 나는 그 주일 내내 윤이의 얼굴이 보이지 않아도 별다르게 마음을 쓰지 않고 지냈던 것 같다. 다른 때 같으면 '그림자 분실'이니 어쩌니 놀려댔을 친구 녀석들도 모두들 자기들의 작품에 열중한 탓으로 별 말이 없었고, 나도 때론 허전한 때가 없는 것은 아니었지만, 곧 작품 속에 파묻히곤 했다. 그런데 연극반에서 연출을 맡고 있는 송미협이 찾아와 윤이의 안부를 물었다.

 "벌써 며칠째 연습장에 나타나지 않습니다. 어디가 많이 불편한 건 아닌지……. 이번 윤이 씨가 맡은 역할은 워낙 비중이 커서, 하루라도 윤이 씨가 나오지 않으면 곤란한데 말이지요……."

 어리둥절해 하는 나를 상대로 여러 번 같은 말을 되풀이하더니만 그는 내게서 윤이의 약도를 알아가지고 갔다. 비중이 큰 역? 나는 쓴웃음이 절로 나왔다. 나는 윤이를 누구보다도 잘 안다. 그녀는 되도록 주연을 사양한다. 대신 남들이 맡기를 꺼려하는 역만을 즐겁게 해낸다. 그런데 이상하게도 그 어떤 역할이어도 그녀가 맡으면 묘하게도 빛을 발하는 것이다. 비중이 있는 큰 역할이라니. 허긴 윤이의 존재감만으로 이야기한다면 그 말은 맞는 말이다.

작품의 마지막 손질을 위해서 나는 철조장에서 석조장으로, 다시 소조실로 옮겨 다니며 바삐 움직여야 했고, 사실상 윤이를 잊고 지낼 만큼 바쁜 나날이 지나갔다.

그 며칠 사이 송미협이 다시 찾아왔다. 그리고 무척이나 난감한 표정으로 나를 불러내더니 바쁘다는 나를 끌고 부득부득 구내 커피숍으로 갔다.

"좀 도와주십쇼."

다탁을 사이에 두고 마주 앉자마자 그가 꺼낸 첫마디였다. 나는 어안이 벙벙해서 물끄러미 그를 바라보았다.

"윤이 씨가 이제 연극을 할 생각이 없다는군요."

그는 날벼락이라도 맞은 표정으로 내 안색을 조심스레 살폈으나, 사실상 그에 대해 아는 바가 전혀 없었으므로 나는 별다른 대꾸를 할 수 없었다.

"무슨 일인지 자기의 신변에 커다란 변화가 와서 전처럼 연극을 계속 할 수가 없다는 거예요. 그리고는 대역을 쓰라는데 이렇게 당치않은 일이 어디 있습니까? 공연날짜가 얼마 남지 않았기 때문에 대역을 쓰기는 불가능합니다. 방학동안 그렇게 맹연습을 해놓고 이제 와서 무슨 이야기입니까? 무엇보다 역할이 역할인 만큼 윤이 씨 아니면 아무도 해낼 사람이 없습니다. 그런데 알만한 사람이 이제 와서 이렇게 뒤통수를 때리다니……. 나 원, 말문이 다 막힙니다. 이 형, 나 좀 도와주십쇼."

"그토록 윤이가 맡은 역이 중요합니까?"

나는 대뜸 반문했다.

"어이 이 형, 왜 이러십니까? 여태 윤이 씨의 연극을 보았으면서 어떻게 그런 말씀을……. 설마 윤이 씨가 우리 대학 연극동아리의 보배인 걸 모르진 않겠지요? 벌써부터 우리나라 연극계의 캐스팅 1순위인 것은요? 이미 '오로라 연극'에서 윤이 씨에게 딱 맞는 역할의 희곡을 쓰고 있다고 들었어요. 아, 잊을 뻔 했군요. 결혼은 두 분, 결혼은 언제 하실 예정이십니까?"

윤이에 관한 이야기를 듣는데 정신이 팔려있던 나에게, 느닷없는 그의 질문에 순간 나는 움찔했다.

"아, 아직 군대를 못 갔어요……."

제길헐, 군대라니. 생각만 해도 끔찍하다. 내 아까운 황금기를 삼 년씩이나 가두어야 한다니. 원하는 대로 운 좋게 공익근무요원이 되면 좋으련만. 작품을 할 수 없는 상태로 내던져질 기간에 생각이 미치자 나는 괜히 심사가 뒤틀려 일어섰다. 송미협도 덩달아 따라 일어서면서 내 손을 힘주어 잡았다.

"이 형만 믿습니다. 저 좀, 도와주십쇼."

왠지 맨숭맨숭한 얼굴로 윤이의 집에 가기가 주저되어, 그녀의 집 근처에서 소주 몇 잔으로 목을 축였다. 아침나절 송미협이 내게 준 말의 의미는 모두 기억에 없고, 나는 사실 윤이가 몹시도 절실하게 보고 싶었다. 나는 송미협의 부탁이 아니어도 그녀를 찾아 나서고 말았을 것이다.

벨을 누르자 그녀의 동생이 나왔다. 여동생은 언니는 지금 집에 없다고 말하려다가 생각을 고쳤는지, 잠깐만 기다리라고 말하곤 돌아섰다. 이상한 예감이 들기 시작한 건 바로 그런 동생의 행동을 본 이후였다. 구김살 없이 밝기만 하던 그녀의 얼굴이 평소와 달리 비장하게 느껴졌다. 곧 그녀의 어머니가 나왔다. 그러나 어머니의 표정은 동생과는 전혀 다르게 뭐랄까, 몹시 상기되어 있었다. 그녀는 조심스럽게 내게 다가섰다.

"윤이에게 큰 변화가 왔어요. 어떻게 이야기해야 알아들을까? 윤이가 이제야 주님을 영접했다면 알아 들으려나? 그 애는 이제야 비로소 성령을 덧입은 거예요. 요즘 윤이는 마치 성서 속 성녀 같다니까. 내 딸이지만 예전과는 전혀 다른 인물로 보여요. 한번 만나 보겠어요?"

갑자기 머릿속이 뻐근해왔다. 주님. 영접. 성령. 성녀. 이런 낱말이 머릿속에서 한 바퀴 급회전을 하고 나서야 비로소 윤이 어머니에게 고개를 끄덕여 보일 수가 있었다.

윤이는 그녀의 방 한가운데서 무릎을 꿇고 앉아 있었다. 그녀의 어머니 말씀대로 윤이는 어느 때보다도 아름다웠다. 그렇다. 눈부시게 아름다웠다. 나는 그녀의 어머니가 이끄는 대로 윤이에게 방해가 되지 않을만한 거리에서 그녀의 행동거지를 관망할 수밖에 다른 도리가 없었다.

한참이나 윤이는 그렇게 앉아 있었다. 한 번도 소리 내어 읊조리지는 않았지만 누구에겐가 끊임없이 기도하는 듯한 표정이었다.

순간적으로 그녀와의 사이에 어떤 거리감이 느껴졌다. 그녀와 나 사이에 이제 영원히 만날 수 없는 평행선이 그어지는 것만 같은 참담함. 더 이상 그곳에 머물 수 없을 만큼 감정조절에 어려움을 느낀 나는, 도망치듯 그녀의 방을 빠져 나왔다.

집에 이르는 포장마차를 하나도 빠트리지 않은 덕분에, 12시가 가까워서야 하숙집에 당도했다. 그날 나는 내가 마셔본 중에 가장 많은 양의 알코올을 마신 탓에 거의 인사불성이었다. 그 며칠을 하숙집 아주머니의 혀차는 소리를 들으며 몹시 앓았다. 낯선 땅에서 4년 동안이나 지낼 수 있었던 것이 기적같이 느껴질 만큼 나는 외로웠다. 정말 코가 시큰거릴 지경으로 외로웠다. 지난 세월이 자꾸만 덧없이 생각되었다.

나는 비몽사몽간에 그녀의 눈부신 자태에 매달려 있었다. 때로 그런 그녀와 꿈같은 정사를 나누기도 했다.

기력을 다소 회복한 날, 윤이와 같이 듣는 강의 때문에 조바심을 내며 몸을 추슬러 학교에 갔다. 예상대로 우리는 1304호 강의실에서 맞닥뜨렸다. 그녀는 여느 때와 다름없이 내 옆자리로 다가와, 교수가 들어오자마자 작은 쪽지를 보내왔다.

〈어디 몹시 아팠어? 하숙으로 찾아갈까 망설였지만 바쁘고 또 중요한 일이 있어서 번번이 못 갔지 뭐야? 어때? 우리 웬만하면 출석체크 후에 빠져 나가자.〉

"글쎄, 이런 기분을 어떻게 표현해야 좋지? 여태 형이 아다시피 나는 선데이 크리스챤이었잖아. 그럼에도 신상조사서의 종교 난엔 갈등 없이 기독교라고 써내는 신자 말이야. 그것이 오래전부터 마음에 안 들었어. 기독교도라는 굴레를 떼어 버리던지 아니면 그 굴레를 더욱 견고하게 하든지 양자택일을 하고 싶었던 거야……. 그래서 엄마 소원대로 100일 작정기도에 들어갔어. 그리고 마지막 날 놀랍게도 나는 거듭남의 은사를 받았어. 그래서 이야기인데, 형과도 내 이 기쁨을 그대로 나누고 싶어."

이 이야기를 할 때의 윤이의 반짝이던 눈을 결코 나는 잊을 수가 없을 것이다. 영롱하게 빛나던 그녀의 기쁨이 넘치면서 생기 있던 눈.

송미협과 다시 마주 앉았을 때, 나는 정말 아무 말도 할 수 없었다. 그는 몹시 초조하고 또 억울한, 누군가에게 몹시 배반당한 눈빛으로 나를 지켜보았으나, 오히려 그런 눈빛을 할 사람은 그가 아니고 나라는 사실을 잘 모르는 것 같았다.

정말이지 나는 몹시 초조하고 억울해서 미칠 것 같았다. 누구에겐가 매달려 내 억울함을, 내 아픔을 토로하고 싶어 거의 발광이 날 지경이었다. 송미협과 나는 코가 삐뚤어지게 한번 취해보자고 큰소리를 치며 거리로 나갔다.

내가 아는 윤이는 어머니의 의지대로 습관처럼 교회에 다니면서. 신앙생활만큼은 어머니가 절대로 양보하지 않는다고 불평하던 아이였다.

그런 그녀가 변한 것이다. 그녀 말대로 선데이 크리스챤에서 크리스챤으로. 잠재의식 속에서 늘 꿈틀대던 신이라는 존재가 100일 기도 중에 불쑥 그녀 마음속으로 들어왔다는 것이다. 평소에는 대수롭지 않게 지나치던 성경 구절이 그날 자기 마음 깊은 곳에 그대로 각인되는 놀라운 경험을 했단다. 윤이는 말했다.

"성령이 내게 임하던 그 순간의 기쁨, 환희를 형에게 그대로 설명해 줄 수 없어서 안타까워. 아, 이렇게 설명하면 알아들을까? 마악 마지막 손질을 끝낸 내 작품이 너무도 완벽해 보일 때의 기쁨이랄까? 아니 아니, 어쩌면 연극을 하며 극이 절정으로 닿을 바로 그때, 내가 찍은 한 점의 방점으로 오롯이 극이 완성될 때 느껴지는 카타르시스? 어쨌든 그 분은 내게 그렇게 오신거야. 여기 이 성경 구절과 함께."

나는 그 애가 펼쳐 든 곳을 눈으로 따라 읽었다. 도대체가 내겐 아무런 감흥도 일어나지 않는 두 문장이 나를 조롱하듯 바라보았다.

누구든지 그리스도 안에 있으면 새로운 피조물이라, 이

전 것은 지나갔으니 보라, 새 것이 되었도다.

— 고린도 후서 5장17절

두려워 말라. 나는 네 하나님이 됨이니라. 내가 너를 굳세게 하리라. 참으로 너를 도와주리라. 참으로 나의 의로운 오른손으로 너를 붙들리라.

— 이사야 41장10절

윤이는 새벽부터 늦은 밤까지 교회로 나돌았고 환희에 찬 표정으로, 때로는 눈부시게 아름다운 자태로 내게 다가섰다가는 역시 그런 모습으로 가버렸다. 머지않은 어느 날 그녀는 황망히 나를 밀치고 어디론가 가버릴 것만 같았다. 나는 매일매일 초조했다.

드디어 졸업미전에 출품할 작품에 대한 사전 심사가 시작되었다. 전공별 최소한 두 작품 이상이 합격을 받아야만 졸업이 허용되는 셈이다. 말이 심사이지 4년 동안 그래도 다들 나름대로 애쓴 만큼, 작품 수준은 높은 편으로 별 말썽 없이 모두들 미전출품이 허용되었다. 나의 작품도 미리미리 기획하고 준비한 덕분으로 꽤 좋은 평을 받았다.

이제 졸업이다. 전시실로 작품을 옮겨놓고 제대로 자리를 잡고 나니 새삼 우리의 결혼계획이 생각나 머리가 무거워졌다.

 만약 내가 공익근무요원이 된다면 그런대로, 그렇지 않을 경우에는 대학원에 진학해서 군복무를 늦추는 한이 있더라도 우리는 가능한 한 빠른 시일 내에 결혼을 할 생각이었다. 우리는 작고 예쁜 화실과 그 화실에 딸린 작은 방에서 신혼살림을 차리기로 이미 약속이 되어 있었다.
 갑자기 머리가 지끈지끈 아파왔다. 잠시 쉴 요량으로 작품의 마무리를 위해 들고 있던 왁스통과 헝겊을 내려놓고 회화과 전시실로 향했다.
 윤이는 같은 과 후배들과 어울려 작품을 걸다가 나를 보고 씽긋 웃었다. 그녀의 그림은 그녀가 즐겨 다루던 꽃이나 새 같은 구상적인 소재와 색채로부터 완전히 벗어나서 예전과는 전혀 다른 분위기를 품은 채 무르익어 있었다. 이제 그녀도 자기만의 세계를 구축할 채비를 하고 있는 것이다.
 캔버스에 가까이 다가갔을 때, 나는 하마터면 소리를 지를 뻔 했다. 그녀의 그림은 종교화라고 해도 과언이 아닐 만큼 온통 종교적인 이야기로 가득 채워져 있었다.
 아무래도, 윤이와 허심탄회하게 대화를 해보아야겠다. 무엇이 어떻게 되든지 막연히 두려워하고 있는 결과가 나오기 전에 어떤 식으로든 대화를 해야 한다. 더 이상 시간을 낭비해서는 안 된다. 어쩌면 윤이도 강렬하게 원하고 있는 지도 모르는 일.

"윤이야. 작품전이 곧 끝날 거야."

나는 이렇게 운을 뗄 것이다. 예전의 윤이라면 단박에 알아듣고 능청을 떨거나, 곧 본론으로 넘어 가겠지.

마음을 졸이며 나는 결전을 준비하는 장군처럼 때를 기다렸다. 작품 진열이 모두 끝난 시간에야 우리는 다시 만날 수 있었다. 그러나 예외 없이, 교회에 행사가 있다면서 바삐 달아나는 윤이의 뒤꼭지를 바라볼 수밖에 없었다. 가까스로 다음 날 저녁으로 약속을 잡았다.

나는 심한 피로감을 느꼈다. 우선 좀 쉬고 싶었다. 그녀와의 대화가 어떤 식으로 결론이 나더라도 결코 화내지 않을 것, 되도록 그녀의 입장에서 이해하려고 노력할 것. 자신에게 끊임없이 주문을 걸 테지만 마음처럼 쉽지 않을 것이다.

마침내 둘이 자주 가던 강변의 한 카페를 찾았다. 떡갈나무와 갈참나무는 그 곱던 자태를 잃고 제 몸매를 고스란히 드러낸 채 우리를 반겼다. 그러고 보니 캠퍼스를 벗어난 것도 오랜만이었다.

윤이는 그간 내가 머릿속에 수없이 그려왔던 대로 이야기를 전개하였다.

"우리 인간은 그 분의 놀라운 계획에 따라 움직이는 것에 불과한데, 모두들 마치 그 모든 것이 스스로의 의지에 의해서 이루어지는 것인 줄로 착각하여 자만하고 있어. …… 그 분은 너무 크신 분이라 감히 입에 담을 수도 없으나, 항상 입에 담을 수밖에 없는 분이야……. 세상엔 우리를 현혹시키는 것이 너무 많은 것 같아. 예를 들면 내가 그처럼 애착을 가졌던 연극이 그렇고, 그래 보았자 모두 인간세계에 대한 애증뿐인 무용이며, 문학……."

나는 사실 아무 말도 하고 싶지 않았다. 더 이상의 대화는 서로에게 상처일 뿐이었다. 그러나 마음과 달리 뚱딴지같은 말이 튕겨져 나왔다.

"네 이론대로라면 예술이란 한낱 무용지물에 불과하다는 이야기이군."

"아니, 난 그런 말 한 적 없어. 예술의 최종 귀결점이 신이어야 한다는 말이지."

"그럼, 윤이 넌 하나님의 손과 발을 그려야만 참 예술이라고 보는 거야?"

그녀는 반가운 듯 내 말을 받았다.

"반드시 하나님의 손과 발을 그린다거나 예수 그리스도의 열두제자를 그리는 것이 예술가가 해야 할 일이라고는 생각하지 않아. 그런 일은 앞선 세대들이 다 해 주었어. 현대를 사는 우리답게 우린 그저 그 분의 말씀을 승화시켜 캔버스에 옮기기만 하면 돼."

순간 울컥하고 무엇인가가 내 목구멍을 타고 올라오는 것을 느꼈다.

"이봐, 네가 말하는 예술은 이미 예술이 아냐. 예수 그리스도를 보다 더 근사하게 보이려는 것에 불과할 뿐이라고. 얼마나 많은 화가들이 미화시켜 왔니? 그만하면 되었어. 너까지 그들과 동조할 거 뭐 있어? 평소 네 생각대로 넌 그냥 하던 거 계속 하면 돼. 일단 붓을 들었으면 뭔가 그림다운 그림을 남겨야 할 거 아냐?"

한참동안 내 눈을 바라보던 윤이 한숨과 함께 신음처럼 내뱉었다.

"자연에서 줄곧 모티브를 찾아내는 형이, 신을 인정하지 않으니 의외네."

그러고도 한참을 윤이는 가만히 나를 지켜보았다. 나도 윤이의 시선을 피하지 않고 꿋꿋하게 그런 그녀를 바라보았다.

"자연은 신의 무한하신 은총이야. 그리고 인간은, 우리 인간은, 신이 가장 소중하게 다루는 보물이고. 그 분은 먼데 계시지 않아. 햇빛과 바람이 늘 우리 곁에 있듯이 늘 우리의 얼굴을 쓰다듬고 계셔. 다만 알지 못하는 이는 끝내 눈치를 채지 못할 뿐이야."

윤이의 눈빛은 확신에 차서 강하게 빛났다. 나는 그녀의 시선이 거북했다.

희미한 조명등 아래 강물은 닥 블루로 출렁거렸다. 강을 따라 걷다보면 내 속의 어두움이 조금은 걷히려나.

갑자기 술 생각이 났다. 손을 들어 서비스하는 여자애에게 맥주를 주문했다. 윤이는 책망의 눈빛으로 나를 바라보았다. 나는 취하고 싶었다. 이처럼 황망한 심정이 되게 한 그녀를 미워하지도 못하는 나 자신이 정말이지 싫었다.

"졸업하면 간호대학에 학사 편입할 계획이야. 선교활동을 하려면 아무래도 그 쪽이 더 빠를 것 같아서."

세 번째 주문한 맥주가 내 목울대를 넘어가기도 전에 윤이의 싸늘한 목소리가 귓등을 울렸다. 순간 나의 평정심은 바닥을 드러냈다. 반사적으로 그녀의 따귀를 한 대 갈기고 말았다. 평상시와 다른 돌발적인 나의 행동에 윤이는 심히 충격을 받은 것 같았다. 한번 그렇게 폭발한 나의 야성은 멈춰지지 않았다. 순간적으로 그녀를 철·저·하·게·유린하기로 마음을 먹었다. 버티는 그녀를 거의 강압적으로 강변의 작은 모텔로 끌고 갔다.

　내 앞에서 다시는 그녀의 신에 대한 이야기를 하지 못하도록 우선 내 입술로 그 입술을 덮쳤다. 그런 다음 최대한 과장하여 거칠고 저돌적으로 그녀의 옷을 벗겼다. 마지막 남은 속옷까지도 과감하고도 거칠게 마치 폭군처럼 힘을 주면서 벗겨냈다.

　전에 없이 힘이 넘쳐났다. 나에게 어떻게 그런 기운이 남아있었는지 모를 만큼 최대한 과격하게 그녀에게 덤벼들었다. 그리고 그녀를 완전히 제압해 버렸다.

4.

　신평수의 노트를 덮으면서 정 형사에게는 이 모든 사건의 전체 그림이 선명하게 그려졌다. 이것은 종교를 빙자한 단순한 치정사건이다.

　남 목사는 신평수와 자기 아내가 단순히 동문관계가 아니고 연인사이였다는 사실을 알게 된 후, 어쩌면 아직도 미련을 버리지 못한 신평수가 의도적으로 자기 부부에게 접근했다고 의심 했을 지도 모르겠다.

그러던 어느 날 두 사람이 모델과 화가로서 마주 앉아 그림을 그리는 장면을 목격한다. 어쩌면 둘의 대화를 엿들었을 수도 있겠다. 남 목사는 분노에 몸을 떨며 살해할 계획을 세운다. 마침내 가장 그다운 발상으로 빚은 십자가 살인. 더 이상 명확한 살해동기가 있겠는가?

그런데 과연 이것은 팩트일까? 신평수의 머리속에서 완성된 허구의 이야기는 아닐까? 하필이면 주인공 이름이 김 원장과 같았다면?

"정 형사님. 가정폭력 사건이 접수되었어요. 그런데 고발자가 김윤이 원장이예요."

늦은 저녁시간까지 신평수의 노트에 빠져있던 정 형사는 김 형사의 고함소리에 벌떡 일어나서 곧바로 출동팀에 합류했다.

저녁 9시. S시에 인접한 아파트 10층. 어느 것 하나 제 자리에 있는 것이 없을 만큼 초토화되어 있는 거실의 한 중앙에서 눈물범벅이 된 두 아이와 몸을 제대로 가누지도 못하는 휑한 시선의 김윤이가 있었다.

서재에 묵묵히 앉아있던 남 목사는 끝끝내 자신의 행위를 부정했으나, 김윤이의 얼굴과 몸에 난 상처는 명백한 가정폭력의 증거였다.

정 형사는 남 목사를 즉시 입건하고, 구급대에게 도움을 요청하여 김윤이를 응급차로 옮기게 했다.

김윤이는 오른 팔과 갈비뼈에 심한 금이 가서 전치 4주 진단을 받았다. 이미 여러 번 겪은 일인 듯 그 상태에서도 그녀는 침착했다.

"남편은 평소에도 상습적으로 나를 때렸어요. 남편 일의 특성상 그는 내가 조용히 그림자 내조를 하기를 바랐지만, 나는 내 일을 포기하기가 쉽지 않았어요. 그래서 한동안 갈등이 많았죠. 그는 내가 사람들 앞에 서야 하는 직업을 가졌으니까, 보이지 않은 곳을 주로 타켓으로 삼았어요. 신자들의 이목이 두려워 병원도 마음대로 못가다 보니 내 몸은 골병이 들었고요."

이어 김윤이는 차분하나 단호한 어조로 남 목사의 접근 금지처분을 원하며, 정식으로 이혼을 청구하겠다고 말했다.

"목회자로서의 남편에게 치명적일 수 있을 텐데 그래도 괜찮겠습니까?"

정 형사가 되 물었지만 김 원장은 결심을 굳힌듯 단호하게 잘라 말했다.

"더 이상의 결혼생활은 이제 의미가 없습니다. 이제 더는 참지 않으려고요. 참말이지 쇼 윈도우 부부생활은 지긋지긋합니다……. 내 결혼생활이 실패라는 걸 깨닫고 절망에 빠져있을 무렵, 꿈처럼 신 선생님이 나타났어요. 처녀 때 나는 그에게 정말 큰 죄를 저질렀어요. 감히 신과 그를 저울질했지요. 그래서 마음 한구석에 늘 죄스러운 마음을 두고 살았어요. 그뿐, 그와 어찌해볼 생각 같은 건 없었어요. 그런데 남편은 내가 호시탐탐 그와 달아날 궁리를 했다더군요. 그런데 혹시, 남편이 그래서 신 선생님에게 나쁜 마음을 먹은 건 아니겠지요?"

경찰소로 돌아온 정 형사는 조서를 꾸미고 있는 김 형사를 지켜보았다.

김 형사: 아내 김윤이에게 가한 본인의 폭행행위를 인정하십니까?

남 목사: 내가 무슨 이유로 아내를 때립니까? 보기에도 아까운 사람을요. 이래 뵈도 나는 이 지역에서 신망께나 있는 목회자예요. 제발 아내와 만나게 해주세요. 나야말로 궁금한 게 많습니다.

김 형사: 폭행 이력이 한두 번이 아니던데요? 김윤이 씨는

당신과 이혼을 하기를 원합니다. 이미 접근 금지처분까지 요청했습니다. 당신이 신평수 씨와 김윤이 씨 사이를 의심했다던데, 왜죠?

 남 목사: 부부사이에 화가 나면 못할 말이 뭐가 있나요? 둘은 대학 때 연인이었습니다. 나는 그 사실을 최근에야 알았어요. 그런데 뭐 어쩝니까? 다 과거지사인데. 아내가 내게 말하더군요. 예수님을 알기 전의 일이라고요. 신평수가 그걸 이해하지 못해서 헤어진 거라고. 그런데 오히려 예수님을 잘 아는 나를 만난 때문에 자신은 더 불행하다고 말이죠.

 불쑥 정형사가 참지 못하고 끼어들었다.

 정 형사: 그래서 그를 십자가에 못 박았나요?

 남 목사: 내가 왜, 그를 죽입니까? 대체 뭐 땜에요?

 정 형사: 가만두면 둘이 도망갈지도 모르니까, 질투심이 당신을 그렇게 떠밀었겠지요.

 남 목사: 내가 겨우 그깟 일에 남의 목숨을 빼앗을 파렴치한으로 보입니까? 더욱이 신성한 십자가를 이용해서요? 그 사건은 분명히 이단의 소행이에요. 나는 적어도 목회를 직업으로 하고 있는 사람입니다. 인명을 귀하게 여기는 목회자라고요. 더 이상 당신과는 상대하고 싶지 않습니다. 내가 왜 여기에서 당신과 마주 앉아 있어야 하지요? 아내를 불러주세요.

내 아내를!

그리고 그는 묵비권을 행사하기 시작했다.

다음날 아침 더욱 놀라운 일이 벌어졌다. 국립과학수사연구소에 의뢰했던 신평수의 사인에 대한 결과가 도착한 것이다.

신평수의 사인은 다량의 피가 몸에서 서서히 빠져나가서 생긴 과다출혈로, 타살보다 자살의 비중이 크다. 그의 몸에서 마취성분인 프로포폴이 다량 검출된 것이 결정적인 증거이다. 신평수는 미리 십자가를 만들어 세 군데에 대못을 박고, 프로포폴으로 자신의 몸을 마취시킨 후에 드릴을 이용하여 손과 발에 구멍을 낸 후 이미 준비해 놓은 대못 자리에 자신의 손과 발을 끼워 넣었다. 다행히도 사건 현장에서 드릴을 수거하여 충분히 검토하였으며, 이 모든 것은 오직 목조건축 기술자여서 가능하다고 본다. 과학수사대는 다각도로 사건을 분석해 본 결과 최종적으로 이 사건을 자살로 규정한다.

정 형사는 정말이지 승복할 수가 없었다. 이건 초능력자라도 불가능한 일이다. 아무리 독한 놈이라도 제 몸에 드릴로 구멍을 뚫을 수는 없는 일이다. 그 방법이 아니어도 죽을 수 있는 방법은 얼마든지 있다. 하필이면 왜 십자가상에 자신을 못 박는 방법을 택하겠는가. 이단이어서? 그렇다면 그는 정말 자기가 '재림예수'라도 된다는 생각을 했다는 건데, 어디에도 그런 흔적은 없었다. 그가 이단교도라는 건 단순히 남 목사의 추측일 뿐, 그 어디에도 증거가 남아있지 않았다. 신평수가 적을 둔 교회는 오직 남 목사의 교회뿐이었다.

정 형사의 머리로는 도저히 납득할 수 없는 일이었지만, 국과수 쪽에서 그렇다고 결론을 내렸다면 일단 사건을 그렇게 마무리할 수밖에 없었다.

그토록 단호하던 김윤이도, 사건의 결론이 그렇게 나자 남 목사에 대한 고소를 취하하므로 남 목사는 다음날 자유의 몸이 되어 풀려났.

확실한 증거가 없는 이상 정 형사로서는 그를 잡아둘 어떠한 권한도 없었다. 세간을 떠들썩하게 하던 십자가 살인사건은 참으로 어이없이 끝나가고 있었다.

그 며칠 후, 김 형사가 목조건축물 근처를 배회하는 십대 아이 세 명을 데리고 들어왔다. 한눈에도 불량기가 다분해 보이는 가출 청소년들이었다.

"그러니까 너희들이 이 아저씨를 죽였다는 말이야?"

김 형사가 들이미는 신평수의 사진을 힐끗 본 한 아이가 몹시 짜증이 난 듯 이마를 잔뜩 찌프리며 쏘아부쳤다.

"씨팔. 우리가 왜 사람을 죽여요? 어떤 아저씨가 자기를 도와주면 돈을 준다기에 알바를 했다니까요."

"김 형사, 애가 지금 뭐라는 거야?"

정 형사가 화들짝 놀라서 물었다.

"누군가가 애네들에게 아르바이트를 시켰답니다."

"신평수의 손과 발에 드릴으로 구멍을 뚫어주면 그에 합당한 돈을 주겠다고요. 이미 통증을 느끼지 못하더래요. 가뜩이나 돈이 궁하던 차라 얼씨구나 하고 셋이서 번갈아가며 후딱 해치우고 돈을 받아 자리를 떴답니다."

정 형사가 어이없다는 눈초리로 김 형사를 쳐다보는 사이, 한 녀석이 쫑알거렸다.

"장갑을 끼고 해야 돈을 준대서 장갑까지 끼고 했걸랑요. 근데 다하고 나니 달랑 십 만원 주대요. 치사한 새끼! 그리고는 멀리멀리 떠나있으면 돈을 부쳐주겠다더니, 부쳐주기는커녕 아예 연락을 끊어버렸어요."

"너, 그 사람 사진 보여주면 알아보겠어?"

김 형사의 질문에 한 녀석이 대답했다.

"씨팔, 눈만 빠꼼하게 나오는 털모자를 쓰고 있어서 얼굴을 알 수 있어야 찾지요. 우리도 지금 열 받았다고요."

모사 模寫

About Wall 1 2020, 35x43 inch

1.

"여어, 오랜만인데?"

음악 감상실 '민들레'에 들어섰을 때, 깜짝 놀랄만한 큰 목소리의 현이 나를 맞았다.

"여름내 보이지 않길래 죽어버린 줄 알았지. 어데 숨어있었어? 어디에 숨어있었기에 머리카락 한 올 보이지 않은 거야? 꼼짝 말고 여기 있어. 내, 곧 다녀올 테니. 꼭, 꼭 여기에 있어야 해, 응?"

내 어깨를 한 번 힘차게 흔들고, 긴 머리칼을 찰랑거리는 블루진의 여자애와 함께 그 애는 갔다. 나는 한참동안 문 앞에 서서 바라볼 수 있는 데까지 그들의 뒷모습을 바라보다가, 뒤

따라 들어서는 서넛의 아이들에 밀려 천천히 걸음을 옮겼다.

실내에서는 무소르그스키가 작곡한 '벌거숭이산의 하룻밤'의 레코드가 꽤 큰 볼륨으로 천천히 돌아가고 있었다. 일순 여름내 6석 짜리 라디오에 익숙해진 내 청각이 조금 당황해했다. 시골에서 생각했던 대로 감상실의 분위기는 안온했다. 내 모든 것이 극히 안정된 상태로 있을 곳은 정말 이곳 밖에 없다. 나는 새삼 마음을 가다듬으며 빈 좌석을 찾았다. 문득 조금 전에 본 블루진의 여자애가 내 시야를 어지럽혔다. 누굴까? 그 애는. 퍽이나 다정해 보이던데…….

스피커 앞쪽으로 두 번째 열이 빈 듯해서 다가섰으나 머리를 짧게 자른 여자애가 깊숙이 앉아 있었다.

역시 오늘도 빈 좌석은 없다. 내가 시골에 가기 전날에도 그랬는데. 우선 무얼 좀 마셔야겠어, 목이 너무 마른 걸. 나는 헤엄치듯 그곳을 빠져나왔다.

밝은 빛깔의 헤어밴드를 한 여자애가 같은 색깔의 음료수를 건네주며 밝게 웃었다. 그 애의 가슴에 단 K대학 배지가 유난히 눈에 띄었다.

— 내가 보기엔 너 모양으로 열심히 공부하는 애는 없는 것 같은데, K대학엔 왜 번번이 떨어졌는지 알 수가 없구나. 네 어멈도 어멈이지, 처음부터 네가 원하는 대학에 보냈으면 오죽

좋으련만 괜시리 고집을 피워 쌌더니…….

― 난 알아요, 할머니. 엄마의 마음을요. 다른 일에도 엄마를 이해하지 못한 적은 없지만 그 일 역시 이해할 수 있었어요. K대학에 세 번 씩이나 떨어진 것은 제 불찰일 뿐이어요. 할머니, 전 지금 다니고 있는 학교에 아주 만족해요. 걱정하시지 않아도 돼요, 할머니.

외할머니 곁에서의 여름은 가끔씩 현이 생각나지만 않았다면 정말 꿈같았을 것이었다.

도시에서 태어나 아스팔트만을 바라보고 자란 나에게 있어 흙먼지를 내며 달려가는 달구지와 그 안에 수북이 쌓인 과실을 보는 감흥. 햇볕이 따갑게 내리쬐는 한낮, 터져나갈 듯이 익은 포도송이에 손을 대보고 싶은 충동. 이런 것들은 정녕 새로운 기억이 되었다. 정말 그곳은 모처럼 나의 마음을 풍요롭게 했다. 때때로 나는 이젤을 들고 나가 풍요로운 여름을 담아 돌아오곤 했다.

내게는 원색이 어울리니 혼합 색을 만들려고 애쓸 필요가 없다고 지독히도 나의 자존심을 상하게 하던 현. 더 이상 과녁이 되어 나 자신을 거부할 수 없노라고 홀연히 그 애로부터 떨쳐 나왔지만, 그 애의 기억은 좀처럼 내게서 떠나가지 않았다.

이따금씩 엄마와 아빠, 그리고 동생들이 생각나지 않는 것도 아니었다. 그들 나름의 웃음소리와 향기가 나에게 새롭게 와 닿는 때도 있었다. 엄마, 특히 엄마는 더욱 그랬다.

다른 모든 문제에서는 지나치게 나의 의견을 존중해 주던 엄마. 그러나 대학진학문제 만큼은 한 치도 양보 못 하겠다며 집요하게 K대학 진학만을 강요하던 엄마. 그 때 나는 비로소 알 것 같았다. 늘 약해보이는 엄마가 어떻게 하여 외할아버지의 반대를 무릅쓰고 아빠와 결혼하였으며, 할아버지의 임종을 맞기까지 근 이십여 년을 왕래 없이 살 수 있었는가. 뿐만 아니라 그 옛날 삼각관계에 있던 윤 아줌마와 어떻게 이제까지 우정을 계속할 수 있었는가, 그 모든 것을 나는 그때 비로소 모두 알 것 같았다. 그러나 나는 한 가지를 모르고 있었다. 왜 엄마가 내게 K대학 진학만을 고집하는지를. 나는 단순하게 아빠의 넉넉하지 못한 주머니를 생각했고, 되도록 국립대학에 시험을 치를 결심을 새롭게 했었다.

얼마 후 그 이유를 알아냈을 때, 나는 처음으로 엄마에게 반발했다. 이유는 간단했다. 윤 아줌마의 딸인 희경이가 K대학을 목표로 하고 있다는 것이다. 왜 엄마는 희경이와 나를 경쟁시키려는 것일까? 정말 짜증이 났다. 그러나 나는 조금은 알 것 같았다. 나도 여자이니까, 엄마와 똑같은 나도 여자이니까. 그래도 내 안의 어떤 부분은 그런 나에게 강하게 저항했다. 나는 어디까지나 나이지, 결코 엄마의 노리개일 수 없어. 나도 엄연한 하나의 인격체라고. 내 안에 거한 상반되는 많은 감정들은 쉴 새 없이 충동해댔다. 그 해 시험에도, 그 이듬해 시험에도 보기 좋게 나는 낙방하고 말았다. 결국 나는 그 몇 해 동안에 엄마와의 사이에 두꺼운 벽만을 쌓는 일만 해온 셈이었다. 엄마의 실망은 이루 형용할 수 없었을 것이다. 그러나 엄마는 내게 용서를 빌었다. 그리고 2차 대학에 시험을 치르면 어떻겠는가 물어왔다. 못 이기는 척 나는 시험을 치렀다. 희경이 역시 K대학에의 꿈을 이루지 못했다.

아아, 그러나 낙방생의 고민을 엄마는 알았을까? 늘 목구멍까지 찰랑이곤 하던 불안의 파도를 엄마는 알았을까?

어느새 비어있는 유리컵을 내려놓고 휴게실을 나온다. 음악은 다시 무엇인가 귀에 익은 피아노곡으로 바뀌어있다. 이 곡, 이 곡의 곡명이 무엇이었더라? 무엇인가를 호소하는 듯한 피아노곡, 바이올린처럼 사람의 심금을 울리는 피아노의 선율. 차이코프스키? 슈베르트? 브람스? 아아, 이 곡명이 무엇이었더라? 나는 이런 때가 종종 있어. 귀에 너무 익은, 그러나 곡명을 알 수 없는 곡 때문에 초초해야하는.

약한 시력으로 곡명이 써 있는 게시판의 알파벳이 또렷이 보일 때까지 눈을 가늘게 뜬다. M, u, s, s … 무소르그스키 곡은 이미 들었고, 다음 곡목 … R, a, c, h, m, a … 아! 라흐마니노프의 피아노 협주곡이었어. 그래, 바로 이 곡이었어. 어쩜 이 곡을 기억해 내지 못했을까? 나는 이제 음악뿐만 아니라 모든 것을 서서히 잊어가고 있는 것은 아닌가 모르겠어. 나의 기억력은 여기에서 멈춰버리고 나의 성장점 역시 이곳에서 멈춰 버리는 게 아닌 가 몰라. 아, 그런 불행, 그런 불행을 생각해 본 적이 있었던가?

피아노 협주곡은 도대체가 매력이 없다며 브르흐, 차이코프스키, 브람스의 바이올린 협주곡을 즐겨 듣는 내게 '사이비 음악 애호가'라며 격분해 마지않던 현. 그 애가 어느 날 이 레코드를 선물했었다. 입술을 몹시 실룩이며 그 애는 이렇게도 말했었다.

"이 곡을 들어봐. 저절로 피아노곡을 이해할 테니까. 그리고 앞으론 제발 사이비 언동은 삼가 해주기를……."

때를 맞춰 신문에 관련기사가 났었다. 다방에서 이 곡을 듣고 있던 군인이 옆자리에서 자꾸 떠들어대는 남자를 참을 수 없어 마침 가지고 있던 칼빈총으로 쏴 죽이고 말았다는. 과연 이 문제는 어떻게 받아들여야 하는가하고 많은 저명인사들이 입을 모아 떠들어 댔었어. 그때 나는 마침 이 곡을 들으며 신문을 읽었다. 나는 생각했었지. 정말 그는 멋진 사내야. 그런 남자라면 나는 부끄러움을 무릅쓰고 청혼할 수도 있을 텐데. 그런 남자에게라면 평생을 기꺼이 순종하며 살 수 있을 텐데. 그만큼 음악을 깊이 아는 남자는 다른 모든 면도 깊이 이해하고 있을 거야…….

 그 다음부터 이 곡을 들으려고 하면 현은 늘 칼빈총을 든 남자와 하나가 되곤 했었다. 그런데 그런 이곡을 기억해내지 못하다니……. 현의 말대로 나는 정말 곡을 듣는 것이 아니라 익히고 있는 것일까?

 "너는 곡을 듣는 것이 아니라 곡을 익히고 있는 거야. 귀에 익숙하게 익히는 것과 곡을 듣는 것과는 엄청난 차이가 있어. 제발 곡을 듣도록 해 봐."

 현은 언젠가 내가 들려주었던 얘기를 상기시켰다. 바그너의 '탄호이자 서곡'을 좋아하게 된 직접적인 동기는 전혜린이라는 여자가 좋아했던 곡이라는 데서 비롯됐고, 무소르그스키의 '전람회의 그림' 역시 여학교 때 국어 선생님이 즐겨들었던 곡이라는 데서 비롯되지 않았느냐고.

 "네가 즐겨 듣고 있는 곡명을 죄다 써놓고 하나하나 꼽아보란 말이야. 아무런 선입견 없이 들어서 정말로 즐거웠던 곡이 몇 곡이나 되는가. 선입견을 가지고 사물을 대한다는 것은 더

모사(模寫)

없이 나쁜 일이야. 그렇게 되면 평생 너는 음악을 듣지 못할 거야."

이십여 년 동안 아무도 감히 넘보지 못한 '나의 성'을 현은 이렇게 조금씩 헐어갔다. 나는 정말 나의 성이 그렇게 허술하게 헐리리라고는 생각해 본 적이 없었다. 그러나 그것은 엄연한 현실로서 내 앞에 있었다. 그렇지만 나는 나의 성을 어떻게 다시 새롭게 하는가에 대해서는 속수무책인 채로 현에게 질질 끌려가고 있었다.

나는 현의 앞에만 가면 말문이 막힌다. 그 애의 발자국소리만 들어도 가슴이 결리기 시작한다. 그러나 나의 자존심은 그런 나를 제어하고, 과장하여 나를 표현하도록 종용한다.

이제껏 현처럼 그렇게 급작하게 가까워진 사람은 없었다. 현에게처럼 그렇게 쉽게 친밀감을 가진 사람은 없었다. 그것은 무엇보다도 우리가 서로 닮았다는 데에서 연유한 것 같다. 정말 우리는 몇 가지의 공통점을 가지고 있다. 우선 우리는 똑같이 음악 감상실 '민들레'의 단골손님이다. 그리고 각기 대학입시에 낙방한 경험이 있고, 똑같은 이유로 외할머니를 좋아한다. 지금 언뜻 생각나지는 않지만 그 외에도 두서너 가지 더 공통점을 가지고 있다.

우리는 항상 서로를 감시하여 조금도 나태하게 내버려두는 일이 없었다. 현은 무엇보다 나태한 상태를 싫어했다. 그것 또한 나와 완전히 일치하는 것이어서 우리는 끝없이 나른한 사람들을 겨냥해댔고 급기야는 화살을 거두어서 서로의 가슴을 겨냥하기 시작한 것이다. 때문에 나는 더 이상은 나를 학대하지 않아도 되었다. 나는 자신을 학대하듯 현을 학대할 수 있게 된 것이다.

자학이란 것, 도대체가 무용지물인 그것을 나는 근 삼 년 동안이나 지니고 다녔다. 그것은 늘 습기가 차서 나를 숨 막히게 했다. 그 고통으로부터 벗어날 수 있게 된 것이 무엇보다 나는 기뻤다. 그러나 현 역시 자기가 획득한 권리를 그렇게 만만히 포기하지는 않았다. 그는 그대로의 온갖 방법으로 나를 겨냥하여 나의 가슴에 수없는 화살을 꽂았다. 그러나 그 편이 훨씬 좋았다. 적어도 스스로의 가슴에 화살을 꽂는 슬픔은 제거된 셈이니까.

"어려서부터 특출한 존재로 인정받아 온 것이 너의 성장에 장애가 되었던 거야. 한 학년을 뛰어넘어 월반을 했다고 너의 생이 한 단계 뛰어오르는 것은 아닐 테고, 글짓기니 음악콩쿠르에서 뛰어난 재주를 보였다고 지금에 와서 별로 자랑할 만한 게 못되었을 텐데 말이야. 문제는 너와 함께 자라난 우월이란 꽃이었어. 넌 그 꽃을 너무 오래 가꾸었던 거야."

현의 화살은 조금도 빈틈없이 나의 가슴에 꽂혔다. 이제 그는 능숙한 사수가 되어 있었다.

"너는 역시 고전음악을 들을 타입이 아니야. 넌 팝송이니, 칸초네, 샹송 나부랭이 같은 원색의 음악을 들을 타입이야. 네게는 원색의 옷이 어울리듯이."

새로 마련한 빨간색 원피스를 입었던 날, 현의 겨냥을 받았을 때, 나는 더 이상 이럴 수만은 없다고 생각했다. 서서히 치밀어 오르는 분노를 느끼며 나는 그때 현과의 결별을 생각하고 있었다.

"네 과녁 노릇엔 이젠 나도 지쳤어. 이제 그만 끝내기로 하자. 어차피 넌 특등사수니까."

그리고 나는 여름방학을 맞아 도망치듯 외할머니에게로 달려갔다. 외할아버지의 반대를 무릅쓴 엄마의 결혼으로 오랫동안 금지의 땅으로 알려졌던 외갓집. 콩이나 깨 등의 곡물을 가지고 이따금씩 우리를 찾아주시던 할머니 때문에 간신히 이어질 수 있었던 외갓집과의 유대.

현, 그 애는 올까? 기다리라고 했으니 오긴 올 테지만……. 무슨 이야기부터 해야 하나? 미안해, 현. 정말은, 네가 너무나 보고 싶었어. 널 잊으려 했었어. 더 이상은 상처 입은 나를 들여다 볼 수 없었어. 네 화살이 얼마나 정확했는지, 그래서 내가 얼마나 심한 상처를 입어야 되었는지 넌 몰랐을 거야…….

그러나 현은 밤이 이슥해지도록 나타나지 않았다. 나의 자존심은 조각조각 파편이 되어 흩어졌다. 나는 흩어진 파편들을 하나씩 집어 들며 어두운 거리를 걸었다.

2.

새 학기가 시작되었다. 방학동안 만날 수 없었던 아이들의 얼굴은 모두들 건강한 구리빛. 유일의 동갑내기 미진이의 덧니가 새로웠다.

네 시간 강의를 모두 끝내고 301호 시원한 강의실에서 이야기꽃을 피우고 있는데 약속이 있다고 강의가 끝나기 무섭게 달아나던 미진이가 뛰어왔다.

"바빠 죽겠는데, 글쎄 웬일이니? 니 보이프렌드를 다 만나고. 빨리 나가 봐. 구관 앞 소나무 숲 있지? 거기에서 기다리겠대. 나, 먼저 간다. 꼭 가봐야 돼. 응? 꼭!"

"기집애, 수선은……."

나는 눈을 하얗게 흘키고 일어섰다. 현이 왜 여길 찾아왔을까? 설마 그 애답지 않게 저번 날 바람맞힌 것에 대해 구질구

질한 변명 따위는 안하겠지. 그러나 무엇보다도 분명한 것은, 하늘이라도 날 것 같은 뿌듯한 기쁨이 내 안에서 찰랑거리는 것이었다. 아이들은 모두들 웃으며 나를 배웅했다. 나도 따라 웃으며 일어섰다.

정말 현은 거기 소나무 숲속에 있었다. 햇빛은 그 애의 머리칼 위로 눈부시게 쏟아졌다. 나는 그 애가 눈치 채지 않도록 조심조심 현의 옆모습을 훔쳐보며 다가갔다. 시선을 곧게 앞을 바라보고 있는 현은 내가 근접거리에 다가와 서서, 눈이 부신 듯 바라보고 있어도 전혀 미동을 하지 않았다. 무엇인가 자랑하고 싶어 씨근덕거리고 달려온 어린아이 같다는 느낌을 나는 가까이 마주한 그 애에게서 받았다.

―정말 이 애는 무엇인가를 자랑할 거리를 가지고 온 거야. 그래서 이처럼 긴장하고 있는 거야. 그렇지 않음 이처럼 내가 가까이 있는데 모를 리 없잖아.

한참이 지나서야 현은 나를 알아보았다. 그리고 안을 듯이 다가서서 나를 놀라게 했다.

"우리의 생은 어차피 모사 아냐? 아무리 독창적인 생을 살려 해도 어차피 앞서 살다간 수많은 인간들 중의 하나와 똑같은 생일거야. 그러니까 말이야. 이왕 모사인 채로 생을 마치려면 자기 성격에 맞는 인물들이 살았던 방법을 택해 완벽하게 모사를 하면 어떠니? 방학을 온통 그 생각으로 지냈어. 네가 있었음 많은 도움이 되었을 텐데……. 어때? 근사하지?"

나는 멍청하게 그 애, 현을 바라보았다. 모사? 결코 어감이 좋진 않지만 그것도 괜찮을 것 같다. 현의 말대로 우리의 생은 어차피 모사품일지도 모르니까.

"역시 넌 나를 이해하는구나. 친구 녀석들은 모두 픽픽 웃어대던데. 네 눈을 보면 나는 알아. 자아, 우리 자리를 옮겨 축배를 들자. 너와 나, 우리 둘만의 영적 교류를 이대로 지나칠 수야 없지 않니?"

현은 나를 재촉했다. 서슴치 않고 나도 따라 나섰다.

불빛이 고운 테이블에서 현과 함께 나는 초록색 빛깔이 도는 페퍼멘트라는 칵테일을 마셨다. 물론 현도 술을 잘 하지 못하는 편이라서 꼭 두 잔의 술로 우리는 축배를 대신했다. 박하향의 싸아한 맛으로도 내게는 취기가 올라왔다.

다른 때와 달리 현은 헤어질 무렵, 머뭇머뭇 무슨 말을 할 듯 했으나 끝내 그냥 돌아서고 말았다. 나는 그것이 마음에 걸려 현에게서 무슨 연락이라도 오기를 목이 빠져라 기다렸다. 야속하게도 그 애는 그렇게 헤어진 채로 소식이 없었다.

허긴 꼭 한 번 〈나, 잘 있어.〉라는 전문의 전보를 보내오긴 했다. 그러나 그것으로 내가 그 애의 무엇을 알 수 있을 것인가?

 우리의 첫 만남은 언제였든가. 역시 '민들레'에서 였다. 푹신하고 정말 안락한 의자에서 오랜 시간을 앉아 있다가 불쑥 일어섰다가 나는 그만 빈혈증세로 비틀거렸다. 그때 마침 근처에 있던 현은 나를 붙잡아 자리에 앉히고는 "회임이유?" 해서 나를 화나게 했다. 그러나 나는 무엇엔가에 눌려— 이것은 현을 알게 된 다음에도 종종 느끼는 것으로 참으로 알 수 없는 힘이었다. — 아무 말도 할 수 없었다. 그저 눈만을 간신히 치켜뜰 수 있었을 뿐이었다. 이것은 몸이 잠시 불편했다고 해서만이 아니었다. 그 애에게는 사람을 위압하는 독특한 분위기가 있었다. 어쩌면 나는 그 분위기의 현에게 이끌려 점점 더 그 애에게 호감을 가지게 되었는지도 모른다.
 현과 나와의 사이에 각별한 시선을 보내는 몇몇 친구들로부터 나는 현의 소식 —현이 이태원거리에서 금발의 이국소녀와 단 둘이 걸어가는 것을 보았다거나 M대학의 메이퀸과 보통사이가 아닌가 보더라는 따위의 이야기— 을 들어왔지만, 그때마다 지극히 당연한 일인 것처럼 아무렇지도 않았다. 그것은 주위의 친구들로부터 위선이라는 등 지탄을 받아야 했지만, 맹세코 나는 아무런 감정이 일지 않았다. 나 자신조차 스스로에게 의아할 만큼 나는 차갑게 나를 응시하고 있는 나 속의 또 다른 나를 발견하곤 움찔했다.

솔직한 심정으로 여름동안 나는, 현에 대한 내 감정은 아마도 '사랑'이라는 것이라고 매듭지었다. 너무너무 익숙한 그 낱말이 새삼스레 나에게 와 닿았을 때, 나는 미소했다. 그저 미소했을 뿐이었다.

그러나 현이 남색가로 알려진 P씨와 가까운 사이라는 애기를 전해 들었을 때만은 그렇게 초연한 낯빛으로 있을 수가 없었다. 나는 현을 찾아 나설 결심을 했다.

나는 현에 대해 너무나 아는 것이 없었다. 오직 '민들레'에서만이 만남이 가능했었을 뿐인 나는 밤낮으로 그곳에 틀어박혀 귀가 아리도록 음악을 들어야 했다. 그런 며칠 만에 나는 분명 현의 글씨체인 메모지 한 장을 받았다.

〈지금 곧 '나폴리'로 와줄 수 있어? 나, 지금 여기 있어.〉

조금도 주저하지 않고 나는 그곳으로 갔다. 어두운 실내 한 구석에서 현은 기다리고 있었다. 그 애의 눈도 절실한 빛을 띤 채 나를 기다리고 있었다. 현은 조금 취해 있었다. 나를 바라보며 그 애는 쓰게 웃었다.

"고해하려고, 네게 고해하려고 굉장히 오랜 시간 별러야 했어. 적어도 이건 내 자존심에 관계되는 거니까."

그리고도 그 애는 한참을 마셔댔다. 무슨 술인지 제법 강한 향이 내 코를 자극했다. 나는 잠자코 그 애가 그것을 목으로 넘기는 것을 지켜보았다.

"무료하기 그지없었어. 네가 없는 여름, 네가 없었던 지난 여름이 말이야."

싸아아, 하는 소리를 내며 파도가 나의 가슴으로 힘차게 밀려왔다.

"그게 아냐. 내가 정작 고해하려고 벼른 것은……. 넌 늘 자신이 넘쳐있고, 그리고 지나치리만큼 오만했어. 나는 그것이 샘이 나서 그래서 그토록 집요하게 너를 겨냥해댄 거야. 다른 여자애들처럼 너도 그렇게 쓰러지면서, 나도 결국은 이렇게 약한 여자애야, 하는 한마디가 듣고 싶었지. 그러나 넌 만만치 않은 상대였어. 결코 쓰러지는 법이 없었거든. 하나의 화살이 너를 향하면, 넌 되레 두 개의 화살을 준비하곤 했었어……."

싸와와, 하고 또 한 번 파도가 나의 가슴으로 힘차게 밀려왔다. 그 파도를 가슴으로 힘껏 안으며, 나는 문득 어렸을 적 아빠와 함께 본 남해 바다를 생각했다. 그 푸르고 푸른 바다.

저항할 수 없는 중량으로 달려오던 파도의 무서운 힘. 나는 그때 무서워, 무서워하면서 아빠의 품에 파고 들었지. 크게 웃으며 나를 안은 손에 더욱 힘을 주시던 아빠. 나는 그때 생각했었다. 아빠만 곁에 있어주면 아무것도 무서울 게 없다. 늘 귀찮게 구는 앞집 철이도, 나만 보면 으르렁거리는 그 애의 강아지 쭈쭈도. 우습기도 하지. 하필 왜 그때 철이와 강아지 생각이 났을까?

"웃고 있구나. 최후의 승자는 웃는 자라고, 우리의 싸움에 있어서 승리자는 너인 셈이야. 내가 아닌 너, 너 말이야."

아아, 현. 내가 알고 싶은 건 그게 아니야. 그런 고해는 듣고 싶지도 않아. 내가 알고 싶은 건 말이야, 현. 내가 고해 받고 싶은 건……

"으응, P씨? 형편없는 속물이야. 만화가게를 무대로 나이 어린 꼬마들을 꾀이고 다니는."

3.

학교 우편함에서 나는 한 장의 연극 티켓이 들은 봉투를 찾아 들었다. 봉투에는 주소도 없이 달랑 내 이름 석 자만이 쓰여 있었는데 용케도 그것은 내게까지 온 셈이었다.

그렇지 않아도 연극이라면 다른 모든 일을 제쳐놓는 나로서는 반갑기 그지없는 것이었다. 물론 발신인 불명의 봉투에 신경이 쓰이지 않는 것은 아니었지만, 연극을 좋아하는 누군가가 역시 그런 나에게 보낸 것쯤으로 간단히 생각해 버리기로 했다.

연극 제목은 '꽁지를 잡힌 욕망'. 대학생들이 주축이 되어있는 연극 단체의 공연이었다. 학교 식당에서 토스트와 우유로 저녁을 대신하고 Y극장으로 향했다. '꽁지를 잡힌 욕망'이라면 우리나라에서는 초연인 셈이다. 원작자는 화가 피카소. 일찍이 사르트르, 보부아르, 까뮈 등에 의해 대본낭독 만으로 무대에 올려 졌던 소품이었다. 사르트르, 특히 그의 연인인 보부아르에게 맹종하고 있던 나로서는 긴장이 되지 않을 수 없었다.

막이 오르고 생각했던 것보다 완숙한 연기를 보여주는 연기자들 틈에서 현을 발견했을 때, 나는 부~웅 소리를 내며 내 몸이 하늘로 떠가는 듯한 착각에 빠졌다. 그러나 그것도 잠깐. 잠시 후에 등장한 여자아이가 언젠가 '민들레'에서 한 번 본 블루진의 여자애라는 것을 알고부터는, 더더우기 그 애가 맡은 꾸지느 역이 보부아르가 예전에 맡았던 역임을 직감한 후부터 나는 형용할 수 없는 기분이 되어갔다. 그것은 내 안에는 결코 자리하지 않다고 몇 번이나 자신하던 여자들 특유의 그 감정으로 흐르고 있었다. 나는 그 흐름이 폭포에 이르지 않도록 가능한 한 자신을 싸안았다.

그 여자애는 내가 생각하고 있던 보부아르의 이미지와 너무도 흡사했다. 보부아르가 대본 낭독 때 입었다는 분홍색 앙고라 스웨터, 진주 목걸이를 길고 헐렁한 스커트 위에 갖춰 입고 있어서 더 그랬던 것 같다. 나는 차츰 그 애의 연기에 압도되어 갔다. 막이 내리고 나서도 한참을 나는 그렇게 앉아 있었다. 물론 그것은 현을 가까운 거리에서 느끼고 싶은 나름대로의 감상 때문이기도 했다.

며칠 후 몇몇 신문에 연극 '꽁지를 잡힌 욕망'에 대한 비평의 글이 실렸다. 소품이긴 했으나 모처럼 수준급 연극이었다고, 정말 의욕에 찬 연극이었다고 그들은 입을 모았다. 대학생들만의 모임에서도 이런 연극을 해낼 수 있다는 데 보다 큰 기쁨을 느낀다는 비평가도 있었다. 특히 꾸지느 역을 맡은 금술애의 연기를 높이 평가하는 비평가가 많았다. 비로소 나는 그 애의 이름을 알았다. 그러나 나는 그 애의 이름을 대하면서도 전날 느꼈던 야릇한 감정을 다시 느낄 수는 없었다. 관객이었을 뿐인 나는, 관객의 자리로 돌아온 셈이었다.

연극을 본 아이들은 의외로 많았다. 그들 역시 금술애의 이야기를 했다. 대부분의 아이들이 그 애의 눈부신 연기와 그것을 뒷받침하는 어린 시절부터의 화려한 연기경력을 입에 담았다. 아이들이 의식적으로 현의 이야기를 삼가는 것을 나는 알고 있었다. 나는 그것을 고맙게 생각했다. 금술애라는 이름은 아이들에게 금수레라는 이름으로 합의되었다. 그렇게 한참을 떠들어대다가 미진이가 불쑥 극단가입의 의사를 발표했다. 아이들은 모두들 그 애의 열정에 머리를 끄덕였고, 그 뿐으로 모두들 자신들의 일상으로 되돌아갔다.

현과 금수레와, 감격적이었던 연극의 기억 모두가 그런대로 아슴해져 갔다.

나른한 채로, 한없이 나른한 채로 나는 강의를 들으러 집과 학교 사이를 들락거렸다. 방학 동안에는 별다르게 더위를 느끼지 못했으나 늦더위가 들어서인지, 더위는 사뭇 기승을 부렸다. 아이들의 이마에도 멋쟁이로 소문난 정교수의 이마에도 짜증이 잔뜩 웅크리고 있었다.

빈 강의시간을 메우기 위해 플라타너스 그늘 밑 시원한 벤치에 앉아있는데 어디에서인지 미진이가 다가와 내 곁에 앉았다.

"현하고 금수레하고 어제 계약결혼을 했어. 우리 단원이 모두 지켜보는 앞에서."

아아, 현. 그 애의 원본은 장 폴 사르트르에 낙착됐구나. 그의 생을 모사하려면 시몬느 드 보부아르의 존재는 필연이었겠지. 내가 보부아르를 말하면 끊임없이 비방하던 현.

"……그들은 그것을 모사라고 부른대. 뭐, 사르트르와 보부아르의 생을 모사한다나? 아이들은 모두들 축배를 든다 어쩐다 떠들어댔지만, 나는 용납할 수 없었어. 그들은 전혀 어울리지 않아. 시건방지게 금수레 따위가 보부아르를 모사하려 들다니……."

나의 우상, 나의 꿈이었던 보부아르. 그 여자와 관련된 것이라면 무엇이라도 알지 않으면 마음이 놓이지 않는 나를 늘 비웃어대던 현. 아아, 그 때문에 그들은 그처럼 완벽하게 자신들의 역할을 해낼 수 있었던 거야. 아아, 그랬던 거야.

하나의 아픔이 나의 전신을 휩싸고 돌았다. 잠시 동안 나는 아무 말도 할 수 없었다. 그저 무성한 플라타너스 잎새 사이로 붉게 타오르는 태양을 눈이 시도록 올려다보았을 따름이었다.

4.

 가을은 어김없이 왔다. 현과 금술애와의 사이는 더 할 나위 없다는 소문이었고, 나의 아픔 역시 높은 가을 하늘과 함께 조금씩 아물어 갔다.
 일요일 늦은 오후, 모처럼 큰맘을 먹은 나는 유화도구를 챙겨들고 고궁을 향했다. 고궁 구석에 자리를 잡고 한참동안 그림에 열중해 있다가 문득 눈을 들었을 때, 나는 보고야 말았다. 내가 있는 곳으로부터 이 미터가 될까한 거리에서 현과 금술애가 다정하게 걸어오는 것을. 그리고 나는 보았다. 한 가지의 사물에 오랜 시간 고정되지 못하도록 훈련된 현의 불분명한 시선을. 아아, 그 애는 그토록 완벽하게 자신의 원본을 모사해낸 것이다. 그것만이 그에게 남겨진 유일의 일인 것처럼.

김해미 소설집

십자가 살인 사건
ⓒ 김해미, 2021

발 행 일   1판 1쇄 2021년 11월 30일

지 은 이   김해미
발 행 인   이영옥
편　　집   이설화
표지디자인   김유리

펴 낸 곳   도서출판 이든북
출판등록   제2001-000003호
주　　소   대전광역시 동구 중앙로 193번길 73
전화번호   (042)222-2536
팩시밀리   (042)222-2530
전자우편   eden-book@daum.net

ISBN 979-11-6701-092-6(03810)
값 13,000원

* 잘못된 책은 바꾸어 드립니다.
* 이 책 내용의 일부 또는 전부를 재사용하려면 반드시 저자와
　이든북 양측의 동의를 받아야 합니다.

* 이 책은 2021년도 **대전광역시 대전문화재단**에서
　사업비 일부를 지원받아 발간하였습니다.